정확하고 완전한 사랑의 기억

정확하고 완전한 사랑의 기억

그리운 엄마의 10주기에 부쳐

故 박완서

대한민국 소설가

1931~2011

나는 맛있는 것을 먹고 싶은 건 참을 수 있지만,
맛없는 건 절대로 안 먹는다.

박완서 산문집 『호미』 중에서

소설가 박완서 선생님이 세상을 떠나신 2011년 1월 이후, 매년 달력의 마지막 장을 넘길 때가 되면 동시에 손가락을 하나씩 접었습니다. 제가 가진 손가락을 모두 접고 나니, 이유를 알 수 없는 안도의 마음이 이제야 조금 들기도 합니다. 선생님이 계신 '거기'와 우리들이 있는 '여기'가 둘이 아닌 하나처럼 느껴지기도 합니다.

노란집. 박완서 선생님의 산문집 제목이기도 하고, 생의 마지막까지 거주하셨던 아치울 노란집. 그 부엌의 한켠, 맏딸 호원숙 선생님으로 이어진 부지런한 손동작이 계속되고 있습니다. 그것은 지난하지만 숭고한 노동이자, 유연한 돌봄이자, 삶에 대한 원초적 의지이기도 합니다. 이 부엌에서 엄마를 그리워하는 마음이 어느 날에는 뭉근하게 데워졌다가 어느 날에는 보글보글 끓기도 했을 겁니다.

엄마와 아내로서 살뜰히 가족을 먹이고 챙기면서도, 시대를 감당하고 의연하게 살아온 한 여성이자 직업인으로서의 소설가. 발표된 소설과 산문 이면의 생생한 삶의 이야기들을 우리는 오직 딸이라서 가능한 '박완서 문학의 코멘터리' 삼아 귀하게 듣습니다. 그 어느 문학평론가도 할 수 없는 일인 셈입니다.

아홉 번째 손가락을 접을 때쯤부터 시작된 전 세계적 바이러스의 유행이 열 번째 손가락을 접고 있는 지금까지도 우리를 고통스럽게 하고 있습니다. 어디 이뿐인가요. 각종 사건 사고로 마음은 어지럽고, 문밖은 여러 가지 의미에서 위험합니다. 섬처럼 고립된 책상에 앉아서도 자주 길을 잃고 가끔은 어린아이마냥 천진하게 울고 싶어질 때면, 나침반처럼 선생님의 글을 찾아 펼칩니다. 활자 위에서는 조금 헤매더라도 두렵지 않습니다.

강도 산도 변한다는 10년. 많은 것이 달라졌고 또 많은 것이 그대로입니다. 한 가지 위안이 있다면 박완서 선생님을 닮은 젊은 여성 소설가들의 약진이 그 어느 때보다 눈부시다는 것. 그리고 우리에게는 여전히 그리워할 선생님이 계시다는 것. 유난히 하늘을 자꾸 올려다보게 되는 오늘입니다.

Editor 김지향

차례 ————

프롤로그 엄마의 부엌, 그 기억   12

살구나무 아래서   20

할머니, 뭇국에 밥 말아줘   28

나박김치를 만들다가   34

만두 타령   40

오븐 앞에서 1   50

오븐 앞에서 2   60

외할머니의 느낌   66

민어와의 사투   72

산 자를 위한 음식   80

거의 완벽에 가까운, 멘보샤   90

전염병 시대의 밥상   96

나를 위로하는 부드러운 음식   **104**

준치, 깨끗하고 감미로웠던   **110**

봄비 오는 날의 비빔국수   **118**

아차산 기슭의 이웃   **124**

대변항 그 횟집   **130**

경주의 황혼   **136**

남은 음식에 대하여   **144**

어찌 대구 맛을 알겠는가   **150**

느티떡에서 칼바도스까지   **158**

기억으로 기억하는   **166**

추천의 글 사랑하는 작가의 식탁에 • 정세랑

176

엄마의 부엌, 그 기억

지금은 어느 틈에 우리 집 책장에서 사라졌지만 오래전에 어머니가 보시던 요리책이 있었다. 『조선요리제법』. 제목도 오른쪽에서부터 시작하는 한자 글씨에 누런 표지에는 신선로가 그려져 있었는데, 그 책이 꽂혀 있던 충신동 집의 풍경은 어제 살던 곳처럼 선명하다. 밥 짓는 법도 모르고 시집을 가 갑자기 부엌의 주인이 되었을 엄마에게 기본 참고서가 되었으리라 짐작한다. 그 요리책이 문학전집 『죄와 벌』이나 『전쟁과 평화』와 함께 꽂혀 있었던 것이 어린 눈에도 위엄이 있어 보였다.

　　그 책을 이따금씩 꺼내 펴보시던 어머니. 어머니는 책 표지의 사진과 똑같이 생긴, 놋으로 된 신선로를 부엌 그릇장 위에 올려놓았다. 나는 부엌에 들어가 그 고색창연한 놋그릇을 볼 때마다 지금은 쓰임이 없지만 자연스레 책의 내용이 궁금해졌다. 열화당에서 복간한 기념비적인 책에는 딸 방신영이 기록한 어머니의 음식 만드는 법과 마음을 세세히 볼 수 있다.

　　나는 이 책을 쓰는 동안 그 두툼하고 오래된 요리책을 늘 가까운 곳에 두고 있었다. 어머니의 요리

법을 딸이 받아 듣고 기록한 성실하고 아름다운 문체가 참으로 나에게 많은 영감을 주었다.

　　지난해 살구가 누렇게 익어 뚝뚝 떨어질 때부터 글을 쓰기 시작했는데 지금은 잎이 다 떨어졌다. 마당에는 잎이 다 떨어진 감나무에 감이 몇 개 달려 있을 뿐이다. 땅이 얼기 전에 글라디올러스 구근을 파내어 갈무리를 해두었다. 어머니와 나는 글라디올러스가 피면 구라중화라고 하며 김수영의 시를 다시 꺼내 읽기도 했다. 마당의 뿌리 하나에도 어머니와 나누었던 이야기와 시가 배어 있다.

　　여름에 갈무리해놓았던 튤립 구근과 새로 주문한 구근을 마당 곳곳에 심으면서 봄을 꿈꾼다. 얼마 전 넷플릭스에서 세계의 풍미를 보여주는 영상에 백합이라는 게 있기에 찾아보았더니 조개류의 백합이 아니고 백합꽃의 구근을 캐 구워 먹는 것이었다. 해발 2,000m의 고지에 있는 마을이었는데, 하얀 구근이 불에 들어가 꽃처럼 피어오르듯이 익고 그걸 아이가 호호 불면서 먹는 장면이었다. 백합은 꽃이 하얗다는 뜻이 아니라 하얀 뿌리가 비늘처럼 켜켜이 모여 있어 붙은 이름이라는 것도 알게 되었다. 세상은 넓고 먹을 것은 천지이다. 보는 것만으로도 신기했다. 꽃의 뿌리도 먹다니. 그것도 고원지대에 드넓은 평야에다 백합을 심어 풍미가 특별한 농산물로 소득을 올리고 있었다. 꽃은 흰색이 아니라 주황색이었고 우리는 그냥 나리꽃이라 부르는 종류였다. 우리 집 마당의 꽃은 20년이 더 되었는데…. 그 뿌리도 캐면 먹을 수 있을까.

어머니는 이 집을 나에게 물려주셨다. 그냥 살아라 하셨다. 어머니가 돌아가신 지 10년이 지났고 그동안 나는 이 집에서 그냥 살았다. 어머니가 물려주신 집의 부엌에서 가장 많은 시간을 보냈다. 서재도 아니고, 마당도 아니고, 부엌이었다.

나는 아침에 일어나 부엌의 물을 내리면서 전원을 켜듯이 하루를 시작했다. 아무리 곤고한 날에도, 몸이 찌뿌드드한 날에도, 눈이 게슴츠레 떠지지 않을 때도, 부엌 싱크대 앞에만 서면 살아났다. 쌀을 꺼내어 물에 씻으면 그 감촉과 빛깔이 질리지 않았다. 매일 반복되는 일이어도 지루하지 않은, 그것이 무슨 힘인지는 나도 모른다. 밥심으로 산다고들 하지만 나는 쌀 씻는 힘으로 사는 것도 같다.

엄마가 나를 낳았던 충신동 한옥집의 부엌은 어둑하고 좁았다. 부엌에까지 전등불을 달지 않았던 시절이었다. 그래도 부엌 뒷문을 열면 훤하게 학교 마당이 보였다. 인가도 나지 않은 작은 학교였지만 어린 눈에는 마냥 광활해 보였다. 그리고 부엌 뒤켠으로 장작이 쌓여 있었다. 연탄이 나오기 전에는 나무장에 가서 나무를 사다 쌓아놓으면 부잣집 같았다. 그 풍요로웠던 장작의 냄새가 피어오른다. 장작불을 지핀 아궁이의 큰 솥에 메주콩을 삶는 냄새, 작은 숯불화로에 섭산적을 구웠던 냄새가 아직도 코끝에 선명하다. 그건 마치 왕가의 음식이었지. 엄마는 집에서도 한복 치마저고리 차림에 광목으로 된 앞치마를 두르고 있었다. 그러면서도 『현대문학』이나 『사상계』를 보면서 잠시 누워 있던 엄마는 얼마나 아름다웠는지.

1960년대 초부터 1980년대 초까지 가장 오래 살았던 보문동 집은 재래식 한옥에 부뚜막이 있었고 장작을 때는 아궁이와 연탄아궁이가 둘씩 있었다. 부엌과 안방 사이에 작은 미닫이문이 있어 그 문으로 음식을 들이곤 했다. 부엌을 나갔다가 마루에 올라 안방까지 가는 동안 오르락내리락해야 하는 수고로운 동선도 줄이고 음식이 식어버릴까 봐 내놓은 문이었다.

김이 모락모락 올랐던 음식들의 온기는 여전히 내 가슴속에서 따뜻하다. 심지어는 구운 김까지도 자글자글 식탁에 오를 때까지 식지 않았지. 거기서 어머니는 다섯 아이의 도시락을 싸고 식구들을 먹였다. 살림을 도와주는 아이가 있긴 했지만 부엌에는 늘 엄마의 손길과 입김이 서려 있었다. 그리고 안방에서 글을 쓰셨다.

엄마의 치맛자락에 늘 희미하게 배어 있던 음식 냄새는 여지껏 나를 지탱해주는 세상에서 가장 편안하고 안온한 사랑의 힘이 되었다. 이맘때면 나무상자에 든 홍옥을 사놓고 다섯 아이에게 깎아주던 어머니, 그 붉은 사과 껍질이 수북이 쌓여가던 엄마의 치마폭 곁에 둘러앉아 아기새처럼 받아먹던 우리들. 제철에 실컷 먹어야 한다며 순서를 기다리는 아이들을 바라보던 어머니의 눈길을 어찌 잊을 수 있을까. 사과를 반으로 갈라 속을 작은 배처럼 파주었던 어머니.

어머니는 음식을 많이 차리는 것을 싫어했다. 지나친 것을 싫어하는 성정과도 통하는 것이지만 음식을 많이 하거나 가짓수가 많으면 무슨 맛인 줄 모르겠다고 하며 음식이 남게 될까 지레 걱정을 하셨다. "나는 맛있는 것을 먹고 싶은 건 참을 수 있지만…." 어머니의 이런 목소리를 나는 좋아한다. 맛있는 것을 굳이 따라다니거나 집착하지 않는 넉넉한 여유를 따르고 싶다.

어머니의 글을 따라 찾아가는 여정에는 언제나 뜻밖의 발견이 숨어 있었다. 그리고 그 글 속에서 그리운 냄새를 느낄 수 있었다. 살아 있는 동안 더 정성을 들여 음식을 해야지, 부엌에서 더 즐겁게 시간을 보내야지, 그러려면 몸과 마음을 더 건강하게 만들어야지, 하는 마음이 자연스럽게 들게 되었다. 하나의 글을 쓰면서 하나의 반찬이 더 소중하게 느껴졌다. 어쩌면 지극히 개인적인 이야기들이 모였는지도 모르겠다. 그렇더라도 이제 이렇게 하나의 책이 된 것이 감사하고 경이롭다.

어머니를 그리워하며 쓴 글을 10주기에 맞추어 어머니의 무릎 앞에 드린다.

어머니가 떠오르는 그리운 장면은 거의 다 부엌 언저리에서, 밥상 주변에서 있었던 시간이었다. 나 자신도 지금까지 그곳에서 많은 시간을 보낼 수 있음에 감사하다. 살아 있음으로 영감이 떠오르고 손을 움직여 다듬고 익혀 맛을 보는 기쁨을 어디에 비길 수 있을까.

살구나무 아래서

6월이 중순에 다다르면 이파리와 구별되지 않던 녹색 열매가 누렇게 익어 하나씩 하나씩 떨어진다. 갓 떨어진 살구를 입에 넣으면 새콤하고 달콤한 풍미, 부드러우면서도 물컹대지 않는 열매의 향취가 즐겁다. 그러나 떨어진 살구는 그냥 두면 이삼일 후에 곧 상해버린다. 그렇다고 미리 나무에서 따려고 하면 덜 익어 있다. 한꺼번에 떨어지지 않기 때문에 매일 떨어지는 것을 찾아 주워야 한다. 마트에서 파는 살구는 규격품처럼 한 가지 빛깔을 띠고 있지만 마당에 떨어지는 살구는 그렇지 않다. 붉은빛을 띠거나 바람이 불 때 나뭇가지에 부대껴 멍이 든 것처럼 검은 점이 드문드문 박혀 있기도 하다.

이 살구나무를 처음 본 것도 35년이 넘었으니 적어도 60년은 더 된 나무일 것이다. 그때부터 이 마당에서 가장 큰 나무였고 지금은 우리 집에서 가장 높은 기둥 같은 나무가 되었다. 살구꽃은 벚꽃처럼 화사하지는 않지만 매화와 벚꽃의 중간쯤 되는 심성을 지녔다. 어머니는 살구나무에 대해서 각별한 마음이 있었던 것 같다. 당신의 유년의 기억으로 생각하자면 100년도 넘었을 것이다. 살구나무 밑에는 꽈리를 심으셨다. 살구꽃이 필 때마다 어머니는 가까운 사람들을 초대하여 나무 밑에서 작은 파티를 하곤 하였다.

그 나무 밑에 초대받은 사람들 중 가장 먼저 떠오르는 분이 김윤식 선생님이다. 동부이촌동에서부터 직접 몰고 온 자동차를 집 앞에 세우고 마당으로 들어오시던 모습이 생각난다. 그때 두 분은 농담을 서로 주고받으며 펄펄하셨다. 아무 용건 없이 살구꽃이 피어 초대했고 초대받은 것에 두 분은 들떠 있었고, 그 들뜸은 가벼운 분위기를 만들어주었다.

나한테는 어머니를 할망구라고 하며 부르시는 게 마치 귀여운 애칭 같았다. 두 분은 아주 가까운 듯하면서도 서로 거리를 유지하며 깊은 존경과 연민을 느끼고 있었다. 소설을 써야 하는 운명과 그 소설을 읽고 평론을 써야 하는 운명이 결코 가벼운 것은 아니었지만 무거운 분위기가 아니고 대화는 학구적이지도 문학적이지도 않았다. 나는 어머니와 스승, 그 중간에서 가볍고 소중한 시간이 날아갈까 봐 흥분하면서도 조심하고 있었다. 분명 날아갈 것을 알았지만. 살구나무 밑에서 포도주를 마시며 담소했다. 바비큐에 고기와 가리비를 구워 드셨지만 요란스럽지 않았고 그 시간은 길지 않았다.

때때로 젊은 문인들은 어머니의 초대에 저녁을 먹고 포도주를 실컷 마시고 제 흥에 겨워 어머니 앞에서 끼를 자랑하듯이 노래를 부르기도 했다. 모두 편안해 하였지만 자고 간다거나 하지는 않았다. 누군가 자고 가고 싶다는 응석을 부리면 "안 돼." 차갑고 단호하게 말씀하셨으니까. 포도주는 실컷 내준다고 했다. 그때는 대리운전 같은 것이 일반화되지 않았을 때여서 술 취한 문인들이 집 앞에 차를 두고 간 적도 있었다. 그다음 날 술이 깨어 돌아와 민망한 표정으로 차를 찾아가던 문인들의 모습이 눈에 선하다. 전날의 분위기가 식어버린 마당은 조용하고 정갈했기에.

어머니가 계실 때에 지천으로 떨어지던 살구나무가 지지난해에는 비실비실했다. 그해는 가물어서 꽃송이 하나 제대로 피우지 못하고 찌그러들더니 결국 열매를 맺지 못했다. 나무를 쳐다보면 가슴이 조여

왔다. 그것은 한 달 가까이 집을 비운 것에 대한 죄책감이었다.

무엇이 잘못되었을까 전문가에게도 물어보았지만 나무가 이제 늙었다거나 물이 부족했을 거라는 말밖에는 듣지 못했다. 문득 언젠가 동네 가게에서 막걸리를 한 박스 주문하여 사 가는 사람을 보고 주인아저씨에게 물었더니 소나무의 영양제로 막걸리를 준다고 했던 게 생각이 났다. 소나무를 잘 기르는 것도 엄청난 정성이 들어간다고 했었다. 그길로 막걸리 두 말을 사 와 살구나무 아래 흠뻑 뿌리고 물을 종일토록 틀어놓기도 했다.

저절로 피는 줄 알았던 꽃이 저절로 떨어지고 열매를 맺는 것이 아니었다. 해걸이를 한다고도 하지만 꽃이 피다가 찌그러지며 제대로 떨어지지도 못하는 모습은 안타까웠다. 올해는 두 해나 정성을 들인 덕분인지 누렇게 익은 살구가 떨어진다.

살구나무 곁에 매화나무를 심었는데 매실은 6월 초순경 따야 한다. 비슷하지만 사뭇 다르다. 푸른 매실을 따서 매실주를 담그든가 장아찌나 엑기스를 만들기 위해서는 갈무리를 해야 한다.

꼭지를 따고 씨를 가려 그대로 냄비에 놓고 중불로 끓이면 물을 넣지 않아도 과일즙이 녹아 국물이 된다. 과육의 덩어리가 떠 다녀도 그냥 놓아둔다. 같은 양의 흰설탕을 넣는데 한꺼번에 넣지 않고 세 번쯤 나누어 넣는다. 유튜브에서는 흑설탕으로 잼을 만드는 것도 보았는데 그러는 걸 말릴 능력도 생각도 없지만 잼을 만드는 데 흑설탕은 적당하지 않다. 흑설탕에는 특유의 향이 있기 때문에 과일잼의 색깔과 향이 엉망이 된다. 과일잼은 과일의 제 빛깔과 향을 잘 간직해야 한다고 나는 생각한다. 처음에는 불투명하던 과일 국물은 끓이면 끓일수록 호박(琥珀)색이 된다. 질이 좋은 고급 호박의 투명하면서도 깊이를 알 수 없는 빛깔이 된다.

액체가 젤 상태로 될 때까지 꼭 뜨거운 솥 앞에서 있어야 한다. 천천히 주걱을 저으며 들여다보다가 그 적당한 시간은 입맛으로 알아차려야 한다. 만족스럽게 될 때까지 뜨거운 솥 앞에서의 수고는 그리 힘든 것이 아니다. 깨끗한 유리병에 채우는 것. 나누어줄 사람을 생각하는 것.

그러나 요즘 잼은 인기가 없다. 당을 피하고 단 것을 피하는 추세이다. 백색 설탕이 무슨 독이나 되는 듯 얼굴을 찡그리는 사람들이 많다. 그래서 나는 잼을 만들 때의 수고를 수고 그 자체로 즐긴다. 함께 먹고 싶은 가족과 각별한 친구에게만 조금씩 나누어 준다. 그저 아침 식탁에 빵과 곁들일 정도의 과일잼이다.

올해는 푸른 매실이 익어 살구처럼 떨어지길래 모아서 잼을 만들었다. 버리기 아까워서 만드는 음식. 살구는 말캉하게 익으면 씨가 쏙 나오게 갈라지지만 매실은 씨가 딱딱 떨어지지 않아 손이 많이 간다. 그러나 매실잼은 살구와 다른 풍미가 있다. 좀 더 물기가 많아 훨씬 투명한 빛깔이 된다. 나의 투명함에 관한 집착은 『한없이 투명에 가까운 블루』라는 일본 소설 제목이 생각나기 때문인가? 그 책이 나왔을 당시 제목은 참으로 참신했고 아쿠타가와상이라는 것에는 얼마나 특별한 매력이 있었던가? 그런데 왜 제목 말고 소설의 내용은 기억이 나지 않는 것일까?

뜨거운 냄비 앞에서 주걱을 젓고 있던 어머니의 모습은 또렷이 생각난다. 나누어주고 싶은 사람들을 위해 손수 만들던 그 깔끔한 성정이 생각난다. 6월의 고비를 넘어가던 것을 힘들어 했던 어머니, 뜨거운 솥 앞에서 땀을 흘리던 엄마, 그러나 가벼운 사랑으로 살구잼을 나누어주시던 어머니의 손길과 눈길이 그리워진다.

할머니, 뭇국에 밥 말아줘

한동안 남국의 리조트에서 지낸 적이 있다. 흔히 삼시세끼를 걱정하지 않고 해주는 음식을 먹으며 지낼 수 있는 것이 부럽다고 했지만…. 그리고 메뉴를 바꾸어 나오는 열대의 식단들이 결코 나쁜 것이 아니었지만…. 나는 얼마 지나지 않아 내가 차린 밥상이 그리워졌다.

집에서 매일 끼니때마다 밥을 차려야 하는 것은 지루하고도 어쩔 줄 모를 때가 많지만, 모든 식사를 수동적으로 받아 먹는 것도 고역이었다. 나는 플라스틱으로 된 큰 접시에 음식을 담아야 하는 그 순서에 금세 질리고 말았다. 점점 가져오는 음식의 양과 개수가 줄더니 과일로 배를 채우다가 나중에는 다른 사람들의 눈치를 보아야 하는 지경에 이르렀다. 까탈스럽게 보일 수 있는 나의 먹는 태도가 남 보기에도 결코 좋지 않을 거라는 느낌이 들자 그 시간이 고역이 되면서 어느덧 집단급식소에 수용된 느낌이었다.

나 자신이 구상한 식단으로 식탁과 부엌을 오가며 바지런하게 밥을 차려 먹는 그 스텝이 그리워지는 것이었다.

담박한 뭇국에 밥을 말아 아주 간단히 깍두기와 함께 먹으면 속이 좀 개운할 것 같았다. 그 리조트에서 해주는 메뉴에는 뭇국 비슷한 것도 있었고 깍두기 비슷한 것도 있었지만 내가 생각한 것과는 달랐다. 알지 못하는 남국의 향료와 돼지고기나 닭고기를 쓰는 그 국물이 미심쩍었다. 감사히 먹어야 한다는 중압감에 일부러 기도를 하며 먹지만 수동적으로 입에 넣는 것도 버거워졌다.

　　그런 여정에서 돌아오면 내 집 내 부엌이 너무 사랑스럽다. 살림을 깔끔하고 엽엽하게 잘한다고 볼 수는 없지만 냉장고를 여닫는 소리조차 즐겁다. 콧노래가 절로 나온다.

　　손녀들이 와서 자고 가는 날이면 나는 지나치게 흥분하게 된다. 아가들에게 잘 보이려고 여러 가지 애를 쓴다. 목소리도 갑자기 높아지며 가성이 나온다. 요즘 아가들 입맛에 맞게 밥을 해주기란 쉽지 않은데, 그중 마치 합격품 판정을 받듯이 엄지척을 받은 음식이 뭇국이다. 어린아이들이 거의 무색무미인 뭇국의 맛을 알다니.

양지머리를 덩어리째 찬물에 담가 미리 핏물을 빼놓고 먼저 물을 끓여 나중에 고기를 넣는다. 무는 3센티 두께 정도로 뭉텅 썰어 넣는다.

고기가 무를 때까지 끓이면 보통 무도 무르게 된다. 고기는 얇게 잘라 수육으로 먹어도 되고, 익은 무는 투명해 보인다. 무를 나박나박 얄팍하게 썰어 넣고 조선간장을 아주 조금 넣어 한소끔 끓인다. 국이 싱거운 것이 시원하다. 간장색이 나올 정도로 국이 검게 보이면 맛이 없어진다.

먹기 전에 대파를 넣고 한소끔 더 끓이면 된다. 어쩌면 너무나 간단하고 아무런 장식도 없지만 깊은 맛이 있다.

둘째 손녀가 가을날 마당에서 한참 놀다가 배가 고프다며 "할머니, 뭇국에 밥 말아줘." 한다. 한 아이가 그러면 다른 아이들도 따라서 소리친다. "나도! 나도!"

할머니는 손녀들이 존대어를 쓰지 않아도 나무라지 않는다. 버릇을 고치려고도 하지 않는다. 그저 밥상에 앉아 투명한 국에 하얀 쌀밥을 말아 잘게 찢은 고기를 오물오물 먹는 모습을 보는 것만으로 기특해서 배가 부르다. 아마도 그 슴슴한 맛을 다 커서도 기억하겠지. 내가 이 세상을 떠나도, 할머니가 뭇국을 끓여주셨지 기억할 것 같다.

할머니의 뭇국은 그냥 끓인 게 아니란다.

오늘은 다섯 살 손녀가 뭇국에 밥을 말아 먹으며 그 안에 든 물렁하게 익은 무가 맛있다고 한다. 옥수수 맛이 난다나.

가을이 깊어지면 꽈리가 붉게 익어 마당의 한견을 밝힌다. 아가들은 꽈리를 불기 위해 속의 과육을 파달라고 한다. 어려운 주문이다. 까딱 잘못하여 조금이라도 찢어지면 소리가 나지 않기 때문이다. 열 개에 한 번꼴이나 겨우 성공할 정도이지만 가을 마당에서 심심한 장난을 해보는 것은 퍽 재미있는 일이다.

늦가을 어머니의 유년의 뜰을 밝히었던 꽈리, "꼬마 파수꾼들이 초롱불을 빨갛게 켜 들고 서 있는 것 같다."는 좀 유치한 표현을 소설 속에서 썼던 그 꽈리를 오래전 집 마당에 심으셨다. 이제 살구나무 밑 담벼락 옆에 지천으로 퍼져버린 꽈리는 요즘 아이들의 놀잇감이 되었다.

꽈리가 거기 있다는 걸 알게 되는 건 풀숲이 누렇게 생기를 잃고 난 후였다. 익은 꽈리는 단풍보다 고왔고, 아닌 게 아니라 초롱처럼 앙증맞았다. 그러나 그맘때면 붉게 물든 감잎도 더 고운 감한테 자리를 내주고, 들에서는 고추가 다홍빛으로 물들 때였다.

「그 여자네 집」에 나오는, 자주 꺼내보는 구절이다. 바로 이 늦가을의 무는 그 어느 때보다 깊고 달큰한 맛이 우러나는 게 아닌가.

나박김치를 만들다가

그날은 태풍이 온다고 했다. '링링'이라고 했다. 바람이 불규칙하게 휘몰아치긴 했지만 사라호 때 정도는 아니었다. 태풍 하면 나는 으레 사라호를 먼저 떠올린다. 태풍의 대명사와 같았던 사라호를 떠올리는 사람들이 점점 줄어들어가겠지만. 그들에게 그 이후의 태풍은 사라호에 비하면 다 우습게만 여겨질지도 모른다.

　　그런데 링링이 온 날 오후 3시경 마당의 나무수국 큰 둥치가 넘어졌다. 올해는 꽃이 유난히 많이 피어 장하게 바라보던 나무였다. 순간적으로 강타한 바람에 꽃 무더기의 하중을 견디지 못한 것이다. 나무 둥치 아래에 주목과 작은 나무들이 있었으니 넘어지는 소리도 듣지 못하였다.

　　가느다란 옆 줄기 하나 겨우 남기고 힘없이 쓰러진 꽃나무 둥치는 둘이서 힘을 합쳐도 들어낼 수조차 없이 무거워 톱으로 줄기를 하나하나 분리하여 내놓을 수밖에 없었다. 부러진 나무 밑에 지질린 작은 나무들이 죽을 판이니.

　　순간적으로 일어난 일이었다. 나무수국 꽃 무더기는 대강 추려서 화병에 꽂아놓고 부러진 나무의 하얀 살에 입을 맞춘다. 물기를 빨아올려 꽃을 피우게 했던 속살은 아직도 온기가 남아 있었다. 또 한번 입을 맞춘다.

추석을 앞두고 조용히 나박김치를 담근다. 알배추의 노란 속잎사귀를 나박나박 썰고 무도 얄팍하게 나박나박 썰어 소금을 살살 뿌려둔다. 푹 절 정도가 아니라 그저 숨이 좀 죽을 정도면 된다. 그리고 중요한 것은 미나리와 쪽파를 정히 다듬는 것. 마늘과 생강은 편으로 얇게 썰어놓고 배를 나박나박 썬다. 양파도 1센티 두께로 잘라놓는다. 무와 배추가 숨이 좀 죽으면 재료를 다 넣는데 이때 미나리와 쪽파를 위에다 얹는다.

고춧가루를 고운 체에 걸러 물을 내리면 발간 나박김치 국물이 된다. 뭐가 그리 다르겠냐마는 고춧가루를 그냥 넣으면 음식이 천박해 보인다. 별것 아닌 듯해도 음식에서도 미묘한 차이가 좌우하는 것이 있다. 국물은 간을 보면서 슴슴하게 짜지 않도록 소금을 넣고 매실액도 아주 조금 넣는다. 하루쯤 평온에 두면 익는다.

미나리의 향기가 차례상을 향긋하게 한다. 미나리는 강한 생명력의 상징이 아닌가. 제사상뿐 아니라 아가들 돌상 차림에서도 빠지지 않았던 미나리. 예전엔 미나리를 다듬을 때 거머리가 붙어 나왔었지. 요즘은 수경재배라 거머리를 보기 힘들지만 그 대신 깊은 향기가 덜한 것 같다.

미나리를 다듬으며 거머리를 대담하게 떼어버리던 어머니의 야무졌던 손이 생각난다. 어머니는 다듬고 난 미나리 뿌리를 버리지 않고 예쁜 항아리에 물을 받아 담가두셨지. 그게 다시 잎이 올라와 겨울의 방 안을 연두색으로 생기 나게 만들었을 뿐만 아니라 끊어서 먹기도 했다. 알뜰했던 어머니, 아니 그 시절 엄마들은 다 그러셨지. 뿌리의 생명력을 그냥 버리기가 아까웠던 마음이 읽힌다.

창가에 미나리가 돋아나면 겨울에도 봄을 느낄 수 있었지. 그러고는 「창밖은 봄」 같은 작품을 쓰셨을지도 모른다. 나박김치를 담그며 미나리에 대한 기억이 줄을 잇는다.

자고 깨면 춥고, 자고 깨면 여전히 춥건만 설마 내일은 풀리겠지, 설마 겨울 다음엔 봄 안 올까, 하는 끈질긴 낙천성만이 그들의 것이었다.

그러면서도 나는 갈등한다. 나박김치를 담그는 내 마음은 뭘까. 이런 성가신 수고를 왜 하는 거지? 언제까지 할 수 있을까? 차례상에 올라가는 그 미미한 나박김치 한 그릇이 무슨 큰 의미가 있다고? 뭐가 그리 대단하다고 그 맛을 이어가는 것일까?

그러나 얌전하게 담가놓으면 명절을 준비하는 서곡처럼 내 마음에 울림이 있다. 미나리의 연둣빛이 주는 일깨움이 있다.

만두 타령

개성 만두는 생김새부터가 유머러스하거든요. 얄팍하고 쫄깃하게 잘 주무른 만두 꺼풀을 동그랗게 밀어서 참기름 냄새가 몰칵 나는 맛난 만두소를 볼록하도록 넣어서 반달 모양으로 아무린 것을 다시 양끝을 뒤로 당겨 맞붙이면 꼭 배불뚝이가 뒷짐 진 형상이 돼요.

어머니의 첫 소설 『나목』 속에 나오는 구절이다. 소설 속의 태수가 맛도 없는 것을 하도 맛나게 먹길래 개성 음식 이야기를 자랑처럼 늘어놓는 장면이다. 음식 이야기가 리드미컬하고 생생하다. 그러나 실제 주인공의 상황은 삶의 생기를 잃은 어머니가 겨우 내놓은 시큼한 김칫국에 질려 그 "울적함이 쉽사리 달래지지 않은 채 목구멍 근처에 묵직하게 걸려 있"는 상태이다.

보문동 집에서 만두를 만드는 풍경은 그늘이라곤 없이 얼마나 축제 같았는데, 그 축제도 엄마의 슬픔과 상처를 딛고 넘어온 것이었을까. 만두를 만드는 날의 그 훈훈하고 생기 있는 장면은 우리를 위해 애를 쓴 것이었다.

소설 속 개성 만두에 대해 말하는 장면에서도 만두소보다는 만두 꺼풀에 관한 묘사가 나온다. 밀가루를 익반죽해 얇게 밀어 만두피를 만드는 것은 엄마의 몫이었다. 커다란 나무 판때기에 밀가루를 묻혀놓고 밀가루 반죽 덩어리에서 밤톨만 하게 떼어 낸 반죽을 밀던 엄마의 손. 밀가루 반죽을 치대고 만두피를 밀던 손에는 특별한 악력이 있었다. 그러나 억척스럽다거나 그악스러워 보이지는 않았다. 온 힘을 모았지만 우아함을 잃지 않았던 손의 표정이 생생하다.

그 밀대는 다듬잇방망이였지. 그 미끈하게 생긴 다듬잇방망이가 만두피의 밀대가 되었다. 점차 다듬이질을 하는 일보다 만두피를 미는 용도로 쓰였다. 요즘 사람들이야 냉동된 만두피를 사다가 하지만 일일이 만두 꺼풀을 얇게 밀어 주전자 뚜껑으로 동그랗게 찍어 눌러 만들었었지.

양력 설 전날 할머니는 김치를 물에 담가 고춧가루를 빼놓았다. 만두소에 고춧가루가 보이면 천박스럽다고들 했기 때문에. 만두소를 만드는 것도 엄마의 몫이었다. 모든 재료를 다 섞은 다음 참기름을 넉넉히 붓고 섞어 주무르며 간을 보셨던 엄마. 익히지 않은 고기가 들어갔는데도 반드시 간을 보셨지. 우리는 마치 위험한 일을 불사하는 것 같은 엄마를 놀라워 하며 바라보았지. 만두피를 끊임없이 밀고 미리 만들어둔 만두소를 넣고 식구들이 모여 만두를 빚었지. 만두를 예쁘게 빚으면 시집을 잘 간다거나 예쁜 딸을 낳는다거나 하는 말들도 오고 갔지만 엄마는 마음대로 빚으라며 터지지만 않게 꼭꼭 여미라고 하셨지.

우리에게는 즐거움이고 놀이였지만 엄마에게는 얼마나 큰 노동이었을까? 할머니는 만두가 얼면 안 된다고 빚은 만두를 일일이 독 속에 넣기도 했다. 참으로 온 집 안이 북적였다.

남동생은 한참 먹성이 좋을 때이기도 했지만 만두를 특히 좋아했다. 만두를 스물다섯 개 먹었다고 자랑하곤 했으니. 볼이 붉었던 소년, 엄마가 만든 만두라면 얼마든지 더 먹을 수 있다고 했다. 엄마는 그 아들의 등을 자랑스러운 듯 툭 치면서 만두 만드는 노고를 잊는 듯 허리를 펴셨다.

그 애가 세상을 떠나고 세모(歲暮)가 왔다. 어찌 그 몇 달을 지낼 수 있었을까? 나는 엄마가 쓰신 일기를 잘 보지 않는다. 너무 슬프기 때문에. 고통을 이겨내는 과정이 너무 서글프기 때문이다. 미쳐버리지 못하는 정신의 명료함을 탓하던 그 시간이 떠오르기 때문이다. 만두를 얼마든지 더 먹을 수 있다던 아이. "만두 박사가 없는데 무슨 재미로 만두를 하나?" 하시면서도 그해 연말 우리가 마련한 재료로 만두를 빚으셨던 엄마. 그래서 만두를 보면 슬픔이 올라온다. 음식은 말이 없는데, 만두를 빚으면 만두 박사가 떠오르는 것은 어쩔 수 없다.

내 기억으로 보문동 집을 떠나고는 만두피를 집에서 밀어 만들지는 않았던 것 같다. 한옥생활을 끝냄과 동시에 만두피를 다듬잇방망이로 미는 일은 없어졌다. 비슷한 시기에 시장에서 얼마든지 만두피를 살 수 있게 되었으니까.

요즘의 나는 만두피야 사서 쓰지만 만두소는 그때와 다르지 않게 하고 있다. 숙주와 배추와 김치 그리고 돼지고기 간 것, 표고버섯과 두부를 넣는다. 숙주를 삶아 작게 썰고 밑간을 해놓는다. 겨울배추는 달큰하기에 데쳐서 잘게 썰고 물기를 꼭 짜놓으면 간을 할 필요가 없다. 김치는 잘 익어 맛이 좋은 줄기 부분을 골라 고춧가루를 대충 훑어내고 참기름으로 밑간을 해놓는다. 물기가 많으면 만두가 터지기 쉬우니까 베주머니에 넣어 손으로 짠다. 그러나 물기를 다 짜버려도 딱딱해져서 맛이 없다.

두부의 물기도 마찬가지로 손목의 힘으로 짠다. 돼지고기는 미리 갈아놓은 고기는 쓰지 않는다. 목살을 따로 갈아달라고 해서 쓰면 맛이 다르다. 아주 작은 차이가 큰 차이를 빚기도 한다. 소금과 참기름과 설탕과 마늘이 양념으로 들어가고 달걀이 들어가기도 하는데 고기, 야채, 버섯과 두부가 섞이면서 적당히 예쁜 색깔이 나오면 좋다. 고기가 많이 들어가면 뻑뻑하고 야채만 많이 들어가면 허무하다. 내 입맛에는 그렇다.

이건 만두 만들기의 기본이고, 만두는 참으로 여러 가지 변주가 가능하다. 어머니한테 배운 거지만 여름 만두가 있다. 편수라고 하는데, 애호박을 채 썰어서 소금에 살짝 절인 후 꼭 짜고 고기와 함께 소를 만드는 만두이다. 여름에는 배추나 배추김치가 계절음식이 아니기에 대체하는 것이다.

편수는 빚는 법이 좀 다르지만 어떻게 해도 상관없다. 편수를 익혀서 차가운 육수에 동동 띄워 먹는 것도 별미였다. 여름에 손님을 초대했을 때 편수로 밥을 대신하면 특별한 느낌을 줄 수 있다. 중국집 만두를 흉내 내본 부추와 고기만 넣은 튀김만두도 꽤 괜찮았다.

10여 년 전 홍콩에 처음 갔을 때 맛본 '샤오룽바오(小籠包)'라는 만두를 맛보고 놀란 적이 있다. 작은 대나무찜통에 올린 만두가 입에서 살살 녹는다고 해야 할까, 만두가 이렇게 가볍고 부드럽고 촉촉하고 목구멍을 타고 술술 넘어가는구나 느꼈다. 뜨거운 육즙이 작은 만두 속에 들어 있어 그냥 먹었다가는 혀를 데이기 일쑤였다. 만두소는 작고도 감미로워 금세 넘어가버렸다. 요즘은 그런 종류의 소롱포를 맛볼 수 있는 홍콩 음식점도 많이 생겼지만 그때 처음으로 경험한 맛은 잊을 수가 없다.

총각이던 아들과 둘이 했던 유일한 여행이어서
일까? 아들아이가 홍콩에 잠시 인턴으로 있을 때 하
루하루 방 값이 아깝다고 엄마한테 홍콩 구경을 시
켜준다고 나를 초대했다. 침대 하나에 긴 소파가 있
는 좁은 방이었지만 몸집이 큰 아들은 소파에 들어
가지도 않을 것 같아 내가 소파에서 잘 수밖에 없었
다. 그래도 좋았던 두 밤 자는 여행이었다. 옆 건물
의 창문 너머로 목욕하는 실루엣마저 가까이 보였
던 홍콩의 작은 아파트는 영화 속 풍경 그대로였고,
미드레벨 에스컬레이터를 타고 내려오면서 〈화양연
화〉의 장만옥을 떠올렸지.

　　만두를 만드는 그 노동과는 달리 아침부터 길거
리에서 만두나 국수를 사 먹는 그 가벼움, 소롱포처
럼 입에서 살살 녹는 감미로움은 만두에 대한 고정
관념을 떨쳐버리게 했다. 언젠가 홍콩에 다시 갈 수
는 있겠지만, 이제 그런 여행은 할 수 없으리라.

　　요즘은 1년에 한 번 만두를 빚고 그 만두로 양력
차례를 지낸다. 한 번에 넉넉히 빚은 만두를 봉지 봉
지 나누어주고 또 냉동해두면 겨우내 꺼내 먹을 수

있다. 서너 개만 끓이면 점심으로 충분하고 떡을 넣으면 떡만둣국이 되니까. 일상으로 먹을 때엔 고기국물보다는 멸치국물로 하는 것이 더 담박하다.

맛이 그리 감미롭지는 못하지만 속 깊은 사람처럼 수수함이 있다. 각종 냉동만두가 다양하게 출시되어 있지만 집에서 하는 만두는 언제나 질리지 않고, 한번 해놓으면 꺼내서 먹을 때마다 든든한 기분이 좋다.

만두를 먹고 싶다는 게 단순한 식욕뿐이었을까? 식욕보다는 훨씬 절실한 것.

오븐 앞에서 1

어머니가 이 집을 지을 때 부엌에 들였던 이태리제 오븐이 있다. '자누시'라는 브랜드인데, 집을 지은 건축가가 그걸 놓아야 이 집 부엌의 이미지에 맞을 거라고 확고히 생각했던 것 같다. 그러나 집을 짓고 나서 보니 협소한 부엌에 비해 육중한 가스 오븐이 좀 부담스러웠다.

집을 지은 지 5년 후 부엌을 문밖 데크 쪽으로 다시 늘려 짓고 나서 부엌다운 부엌이 되었고 기존 부엌 공간에는 6인용 식탁을 놓을 수 있게 되었다. 증축한 부엌에 자누시 오븐을 그대로 옮겼고, 그동안 동네에 도시가스가 들어오게 되어 프로판가스를 배달해야 하는 수고를 덜 수 있었다. 아파트 생활을 하다가 주택으로 왔을 때 가장 곤란한 것이 프로판가스를 배달받는 일과 주유소에서 정유차를 불러 보일러에 기름을 채우는 일이었는데, 도시가스가 들어오면서 한꺼번에 그런 번거로움에서 해방되었다.

어머니가 살아 계실 때 그 오븐으로 호두파이나 쿠키를 구워드리곤 했었는데 어느 틈에 그런 여유조차 없어지고 나니 오븐을 잘 쓰지 않게 되었다. 어느 날 "호두파이도 곧잘 굽더니만 요즘은 안 하네." 하며 서운해 하시는 걸 "그거 다 설탕덩어리예요." 하며 과자 구울 여유가 없는 마음을 한마디로 덮어버리고 말았다. 겨우 밥 차려 먹는 데 급급했다. 내 아이들 교육에 신경이 온통 가 있을 때이니, 노모를 위해 과자를 구워드릴 여유가 없었다.

그 후 고기나 생선을 굽거나 하는 용도로만 쓰다가 오븐으로 케이크를 다시 굽기 시작한 것은 최근의 일이다. 전염병 시대라서 가능한 일이었을까? 부엌에서 보내는 시간이 많아지고 유튜브에서 케이크나 쿠키를 만드는 화면을 즐겨 보다 보니까 만들고 싶어졌다. 처음에는 하염없이 과자나 케이크를 만드는 영상을 바라보았다. 그 자체만으로도 아름다운 것도 있었다. 물론 그런 화면들이 지나치게 많아 선택하기가 쉽지 않았지만. 나는 조용히 빵을 만드는 손만 보여주는 화면을 좋아한다. 목소리나 음악도 없이 설명은 자막으로 보여주면 더욱 좋다.

과연 20년 가까이 쓰지 않던 오븐 기능이 제대로 작동할 것인지도 의문이었다. 요즘 사람들은 가스레인지 대신 불꽃이 보이지 않는 반들반들한 인덕

션을 많이 쓰던데. 아마도 위생적이고 위험하지 않다는 이유에서인 것 같다. 인덕션을 써본 사람들은 가스레인지 쓰는 것을 유행에 뒤처진다고 여기는 모양이다. 가끔 콘도 같은 데 가서 써보면 깔끔하긴 한데 불꽃이 보이지 않는 것이 어쩐지 내 마음에는 내키지 않는다. 오븐도 요즘에는 간단하고 편리하게 나온 제품들이 많은 것 같다. 나는 그런 면에서는 구닥다리다. 좋은 칼과 든든한 나무도마만 있으면 된다는 주의니까.

유튜브를 보고 처음 시도해본 것은 당근케이크였다. 나에겐 냉장고 밑칸에서 굴러다니는 당근을 써야 한다는 알뜰한 마음, 그리고 기가 막히게 잘 갈아지는 강판이 있었다. 손을 다칠까 봐 조심스럽기는 하지만 당근을 갈기에 참 알맞다. 플라스틱으로 된 작은 기구가 당근처럼 단단한 것을 이렇게나 잘 갈아내다니 놀랍기도 하다. 당근을 쓰기 위해 박력분을 사고 버터를 사고 베이킹소다나 베이킹파우더를 산다. 그리고 작은 저울도. 새로운 것을 시도하기 위해 이것저것 사는 것에 신이 난다고 할까?

서양 사람들에게 오븐이 있었다면, 우리에게는 떡시루가 있었지. 할머니의 떡 솜씨는 동네에서도 유명했다. 음력 10월에는 고사를 지냈지. 팥떡을 찌는 시루가 가장 컸고 그다음이 찹쌀콩떡을, 그리고 아무것도 넣지 않은 하얀 백설기를 찌는 작은 시루가 있었다. 적어도 세 개 이상이었다. 할머니는 유난히 정성을 들여서 하얀 쌀가루를 체에 거르셨다. 엄마가 "너희 할머니 떡 솜씨는 누구도 못 따른단다. 할머니 백설기는 카스텔라같이 부드럽단다." 하며 할머니의 솜씨를 진정으로 칭찬해드리면 할머니는 희미하게 웃으셨다. 그건 자신감에서 오는 여유였을까? 칭찬을 받으려고 굳이 애쓰지 않으며 집중하는 마음. 오직 하얀 쌀가루를 위한 깨끗한 정성이라고나 할까.

그 실력이야 비교할 수 없지만 나도 밀가루를 체에 거르면서 할머니를 생각한다. 고사를 지낼 때는 막걸리를 사러 심부름을 갔었지. 선술집에서나 막걸리를 팔던 시절이었는데 설렁탕집에서도 막걸리를 팔아서 양은주전자를 들고 설렁탕집에 가곤 했다. 손주들 생일 때는 콩과 설탕을 넣은 백설기를 해주셨지. 열 살이 되기 전까지는 생일날 집에서 손수 시루에 쌀가루와 콩을 올렸지. 쌀가루를 두 손으로 비비면서 체에 거르던 그 손이야말로 기도하는 손이 었다.

　엄마는 겨울이 되면 석유 난로 위에다 동그란 알루미늄 찬합을 올려 카스텔라를 구워주셨다. 오븐이 없었지만 엄마는 한쪽이 익을 때쯤 뒤집어서 오븐에 구운 것 같은 효과를 냈다. 당시 공부를 열심히 하면 엄마의 카스텔라를 떳떳하게 먹을 수 있었다. 베이킹파우더도 구하기 어려웠던 시절, 미지근한 물에 녹인 이스트를 넣은 밀가루 반죽을 따뜻한 이불 속에 파묻어두었다가 부푼 반죽으로 카스텔라를 굽던 엄마의 손길을 잊지 못한다.

　엄마는 또 여성잡지의 부록으로 딸려 나오던 요리나 빵을 만드는 레시피를 오려두곤 했다. 요즘에는 그걸 유튜브나 인터넷으로 대신하는 것이다. 한글을 몰랐던 할머니는 그냥 손대중으로 눈대중으로 휘리릭 만드셨지. 그래도 항상 물과 쌀가루와 소금의 배합이 그 누구보다 정확했었다.

나는 밀가루를 체에 거르면서 너무나도 가깝게 느껴지는 어머니의 카스텔라와 할머니의 떡을 떠올린다. 버터를 녹이고 설탕을 섞고 밀가루와 베이킹파우더 베이킹소다를 넣고 당근을 간 것과 전처리한 호두를 넉넉히 넣어 당근케이크를 만든다. 오래도록 쓰지 않던 오븐이 타닥 소리를 내며 불꽃이 당겨지고 서서히 빵이 구워지는 것이 오븐 창을 통해 보인다. 신기하구나. 부풀어오르는 그 순간, 그것은 누구를 위한 것도 아니고 오직 빵을 위한 빵이 된다.

바삭하면서도 구수하고 그리 달지 않고 버터향이 식욕을 돋우는 데다 당근의 붉은 점점이 몸에도 좋을 것 같다. 그저 설탕덩어리와 버터덩어리만이 아닌 것이다. 그리고 그 안에 든 호두는 머리가 좋아질 것 같은, 적어도 머리가 나빠지는 것을 방지할 것 같은 맛과 모양을 하고 있다. 결과는 성공적이었고 주말에 온 손주들한테도 엄지척을 받았다. 할머니의 기쁨이구나. 아가들이 들락날락 먹어주니 기쁨이 차오른다.

그런데 너무 재미있고 맛이 좋아서 오직 그 생

각만 하는 것이 문제였다. 당근케이크에서 시작하여 초콜릿쿠키, 호두파이, 레몬마들렌, 치즈케이크…. 전날 밤 유튜브를 섭렵하여 레시피를 익힌 후 아침이면 모자란 재료를 사러 다녀와 오븐 앞에 머리를 처박는 모습이 뭔가에 미친 사람 같다.

특히 레몬 껍질을 갈아서 레몬마들렌을 만드는 것이 너무 재미있었다. 버릴 때마다 아까웠었는데 레몬 껍질을 먹을 수 있다니. 멋진 레시피였다. 그리고 껍질을 강판에 갈면 레몬색의 점묘화 같은 단단한 점들이 생기고 온 사방에 레몬향이 퍼지는 마들렌은 정말 근사했다. 한번 만드는 법을 익히고 나니 다음엔 그리 어렵지 않았다.

한동안 약간 미친 듯이 빵을 구웠다. 그러나 더이상 지나치게 번지지 않도록 스스로 제어를 한다. 역시 설탕과 버터는 지금 내 몸에 그리 좋은 것이 아니니까. 살살 해야지, 가끔 해야지, 오래도록 즐기려면. 게다가 날씨가 무더워지니 오븐의 열기가 집 안전체로 번질 수가 있다. 겨울이 될 때까지 그 즐거움을 아껴두자고 다짐을 한다. 이런 즐거운 자제는 얼마든지 할 수 있으니까.

나는 맛있는 것을 먹고 싶은 건 참을 수 있지만, 맛없는 건 절대로 안 먹는다.

어머니의 산문집 『호미』의 「음식 이야기」에 나오는 구절이다. 읽을 때마다 미소가 절로 번진다. 식구들에게 절대로 맛없는 것을 먹이지 않았던 어머니 생각에 웃음이 나오면서도 고개를 숙이게 된다.

오븐 앞에서 2

그런데 그게 끝이 아니었다. 주말에 집에 온 아들이 엄마가 홀린 듯이 케이크를 굽는 모습을 보더니 갸우뚱하며 오븐을 열어본다. 부엌에서 가스 새는 냄새가 난다는 것이다. "엄마는 가스 냄새 안 나?" 하더니 창문을 열고 부산스럽게 이것저것 점검을 하기 시작한다. 엄마는 빵 굽는 것에 하도 열중하여 가스 새는 냄새도 맡지 못하고 있다는 것이다. 아마 20여 년간 쓰지 않던 가스 오븐이 온도를 유지하기 위해 불이 붙었다 떨어졌다 하며 가스가 새었나 보다.

하마터면 불이 났을 수도 있다는 생각을 하면 빵이 문제가 아니라 머리카락이 쭈뼛해진다. 아들애는 가스가 새는 것을 확신하며 자누시 오븐을 쓰고 싶어 하는 나를 제어한다. 당장 요즘 나오는 신형 전기 오븐을 주문하고 자누시를 못 쓰게 한다. 새로운 기기가 들어오는 걸 좋아하지 않는 늙은이의 성정을 내색하지도 못하고 따르고 만다.

탁탁 불꽃이 튀는 오븐 속에서 빵이 부풀어 구워지는 것을 들여다보는 것이 얼마나 근사한 일이었는데….

그리 비싸지 않고 크기도 크지 않은 전자레인지 겸용 오븐이 그 이튿날 도착하고 새 기기로 적응하기 시작한다. 의외로 단순하다. 아직 레시피를 다 익히지는 못했어도 일단 케이크를 굽기 시작한다. 앞으로 살날이 많이 남았고 재미있는 일도 많이 남았으니 잘 적응하고 지내야지.

나는 이제 허리를 굽혀 오븐 속을 들여다보지 않아도 되는 심플한 기기로 브라우니를 굽는다. 초콜릿과 버터를 녹여 만든 초콜릿과 흑설탕과 버터 덩어리로 된 꾸덕꾸덕한 브라우니는 장마철의 짜증을 녹여준다. 괜시리 느껴지는 쓸쓸함도 덜어준다. 용량과 시간과 레시피를 맞추면 완성되어 나오는 빵가게의 재미가 몰입의 맛을 느끼게 해준다.

유튜브를 서핑하다가 마음에 드는 채널을 만나면 참 감사하다. 만난 적도 없고 얼굴도 모르고 기껏 좋아요! 누르는 정도의 소극적인 반응이지만 새로운 세계의 산뜻한 조우이다. 어딘가에서 진짜로 만나게 된다면 참 고마웠어요, 빵을 반죽하는 손이 참 아름다웠어요, 라고 말해주고 싶다.

장대비가 오고 또 오는 날, 레몬치즈케이크를 굽는다. 바닥은 과자 같고, 속에서는 치즈와 레몬의 향기가 나고, 위에는 바삭바삭 버터 녹은 과자가 씹히는 케이크. 레몬 껍질을 갈아 넣고 레몬즙까지 들어가는 레시피는 몇 달 동안 해본 여러 가지 케이크와 쿠키 중에서 가장 마음에 드는 품목이다. 레몬의 향기가 버터와 치즈의 맛을 느끼하지 않게 상큼하게 해준다.

내가 혹시 베이킹에 소질이 있는 게 아닐까? 적어도 즐기고 있다는 게 든든하게 느껴지는 건 왜일까? 지루하다면 지루한 남은 인생에 즐길 수 있는 취미가 하나 늘어났다는 건 또 얼마나 좋은가. 밥 하는 건 의무지만 빵은 곁두리가 아닌가. 해도 그만 안 해도 그만. 그래서 여유가 있다. 게다가 부엌에 버터와 치즈와 초콜릿과 레몬 냄새가 풍기면 김치와 된장과 젓갈 같은 음식 냄새를 상쇄해주니 그 또한 즐겁지 아니한가.

정확하게 계량을 해야 하는 베이킹을 통해 배울 점이 많다. 조금만 정신을 차리지 않으면 재료를 까먹거나 레시피의 양과 순서가 달라져 망칠 수가 있다. 오븐 앞에서 생기는 적당한 긴장이 삶에 작은 활력이 된다.

계절과 기분에 맞추어 다양한 케이크와 쿠키의 레시피를 고르는 것은 새 옷을 쇼핑하는 것처럼 신선한 일이다.

외할머니의 느낌

동네에 야채와 과일을 실은 트럭이 일주일에 세 번 온다. 김장철이 지나가고 기온이 영하로 떨어지니까 야채가 얼까 봐 어느샌가 밍크담요 이불을 덮고 있다. 두껍고 무겁고 뻘건 꽃무늬가 있는 그 밍크담요의 기막힌 쓸모이다. 누가 요즘 그 두툼하고 촌스러운 이불을 덮을 것인가?

이불을 젖히고 보아도 별로 살 게 없을 때가 있다. "다들 김장 해놓고 나니까 안 팔려. 장사가 안 돼." 한다. 그래도 목소리는 씩씩하다. 나도 마땅히 살 게 없어 호박을 두 개 산다. 마트에서 파는 건 빤질빤질 비닐에 꽉 묶여 있는 모양이 공장에서 나오는 규격품 같아 왠지 답답해 보이는데 트럭아줌마 것은 좀 굽어 있기도 하고 자연스럽다. 새우젓찌개나 해보자. 입맛이 없을 때 새우젓을 넣고 호박이 투명해지고 말캉해지도록 뭉근히 익히면 하나만으로 충분한 반찬이 된다. 하얀 쌀밥에 호박 새우젓찌개를 넣고 비벼 먹으면 뚝딱 한 끼 식사가 된다.

문득 떠오르는 외할머니. 호박나물에 밥을 비벼 간단하게 한 끼를 드시던 모습에도 범접하지 못할

위엄이 깃들어 있었다. 외할머니는 언제라도 초라해 보인 적이 없으셨다. 하늘이 무너질 듯 가혹한 운명 앞에서도 당당함을 지니고 있었다. 그럴 수 있는 힘이 무엇이었을까 생각을 하며 부지런히 새우젓을 다져서 양념장을 만든다. 하숙을 쳐야 하는 시절이었을 때도 하숙생들이 할머니 앞에서 무릎을 꿇고 밥상을 받곤 했다. 그 기억이 어제 일처럼 되살아난다. 적당한 크기의 단아한 쪽머리와 꼿꼿하게 허리를 펴고 걸으시던 뒷모습이 아름다웠지.

또 하나 더. 한여름이 지나면 나오는 늙은 오이 노각으로 초고추장 무침을 하여 밥을 비벼 드시던 외할머니. 노각의 미끈미끈한 시원함이 목으로 잘 넘어간다고 간결하고도 맛나게 드시던 모습. 어느덧 나도 노각의 나이가 되어 그 맛을 느낄 수 있다. 그 늙은 오이의 겉은 거칠거칠하고 험악한 피부를 가졌지만 속은 연둣빛 흰색을 띤 무미(無味)의 맛. 그 매력을 헤아리게 된다.

김장철이 되면 외할머니 생각을 하며 동치미를 담갔지. 동치미 무가 나올 때는 무조건 사게 된다.

미끈하게 잘생기고 한 손에 잡히고 싱싱한 무청이 붙어 있는 것을 발견하면 기분이 좋아진다. 길고 굵은 무청은 말리거나 삶아서 갈무리해놓으면 긴요하게 쓸 수 있다. 무의 겉은 벗기지 않고 씻기만 한다. 굵은 소금에다 잘생긴 무를 굴려서 항아리에 넣고 하루 이틀 지나 소금이 녹으면 쪽파와 삭힌 고추와 껍질을 깎지 않은 배를 넣고 담그는 동치미.

거동이 불편했던 외할머니가 휠체어에 앉아 동치미 담그는 것을 가르쳐주셨다. 음식에 대해서는 친할머니처럼 유난을 떨지는 않았지만 자연스러운 리듬을 가르쳐주셨다. 잘생긴 동치미 무에 굵은 소금을 굴릴 때마다 생각나는 외할머니의 그 자연스러운 위엄과 분위기가 그립다. 동치미는 얼마나 중요한 음식이었던가. 연탄 가스를 맡았을 때 동치미 국물을 마시면 흐려진 정신이 살아난다는 미신 아닌 미신이 있지 않았던가. 속이 불편할 때 동치미 국물은 막힌 속을 풀어주는 구원의 국물이 된다.

지금은 연탄도 가스도 없건만 습관처럼 동치미를 담근다. 비록 옛 맛이 나지는 않지만 그 감촉을 떠올리기 위해 동치미를 담근다.

여름엔 지난해 담근 동치미 무를 꺼내 채를 썰어 찬물에 담근다. 식초를 조금 넣고 파를 썰어놓으면 그 개운한 맛을 무엇에 비길까? 아무 맛이 없지만 곰삭은 무의 희미한 맛이 속을 가라앉힌다.

민어와의 사투

십수 년 전 이야기지만 지인으로부터 특별한 선물을 받은 일이 있다. 늦여름 무더위에 어른 팔뚝만 한 민어를 산지로부터 보내온 것이다. 귀한 것을 보내준 뜻이 감사함이야 이루 말할 수가 없지만 이걸 어쩌면 좋아? 처음에는 기가 막혔다. 나보고 어떡하라고. 집에는 나 혼자였고, 이 염천에 생물이 싱싱할 때 빨리 요절을 내지 않으면 금세 상할 테니 어찌 되든 내 힘으로 다루어야 할 것 같았다. 작은 생선이라면 모르지만 대어를 잡는 일을 내가 할 수 있을까?

그때 머릿속에는 민어를 다루던 할머니의 그 의식과도 같았던 장면이 떠올랐다. 여름에는 꼭 한 번쯤 민어를 먹어야 한다는 단호한 표정이 떠올랐다. 여름날 애호박과 고추장을 넣은 달큰했던 민어탕, 그리고 숯불에 구웠던 민어구이와 참기름장에 찍어 먹었던 민어회, 빨랫줄에 말린 어란까지 줄줄이 기억으로는 떠올랐지만 실제로 민어를 맞닥뜨려보긴 처음이었다.

『그 남자네 집』의 그 장면이 아니었다면 기어코 엄두를 내기 힘들었으리. 나는 도마 위에서 식칼을 들고 해부를 하기 시작했다.

민어 한 마리 달라고 했더니 주인은 고개를 갸우뚱하면서 작은 게 없는데 어쩌나 했다. 나는 얼음 좌판에 즐비한 생선을 자신 있는 눈길로 한 바퀴 훑었지만 어떤 게 민어인지 알 수 없었다. 장수가 긴 막대 끝의 갈고리로 아가미 있는 데를 콱 찍어서 반쯤 들어 올려 보여준 민어는 어마어마하게 큰 생선이었다. 아가미 속엔 시뻘건 점액질의 진이 흐르는 듯했고 눈도 붉게 충혈돼 있었다. 부르는 값도 내가 결단을 내리기엔 버거운 값이었다. 나는 마치 기싸움이라도 하듯이 민어의 눈과 장사꾼의 눈을 번갈아 보면서 쉬 결단을 내리지 못했다.

바로 나도 "마치 기싸움이라도 하듯이" 민어와 맞섰다. 이럴 때는 두툼하고 다리 달린 나무도마가 제격이다. 먼저 기가 시퍼렇고 완강한 비늘을 긁어내었다. 역시 이럴 때는 나무자루가 달린 무쇠식칼이 제격이다. 힘을 쓰려면. 그리고 대가리를 콱 잘라내려면.

나는 무게 있는 식칼로 대가리를 잘라내었다. 어제까지만 해도 바다에 머리를 처박고 유영했던 민어의 대가리는 참으로 강인했다. 대가리를 떼어내고 배를 갈라 부레를 꺼냈다. 얼마나 정갈한지 독립된 기관으로서의 위용을 지니고 있었다.

　나도 모르게 싱싱한 민어 한 마리 앞에서 칼을 쥔 채 감탄을 거듭했다. 부레를 들어낸 뱃살 부분은 단단하면서도 연한 분홍빛을 띠었다. 칼을 옆으로 넣어 몸통을 반으로 갈라 뼈가 붙은 부분을 나누었다. 날로 먹을 부분으로 뱃살과 밀도가 있는 살을 가려놓고, 버석한 살을 구이용으로, 뼈가 붙은 곳은 탕을 끓이는 용으로, 그리고 단단하고 붉은 빛이 도는 꼬리살은 다시 횟감으로 잘라놓았다. 일본제 하얀 세라믹칼은 생선살이 으스러지지 않도록 예리하게 회를 쳐주었다.

　토막 낸 것도 파는데 이 비싼 생선을 어떻게 한 마리를 다 샀느냐고 시어머니는 기가 막힌 표정을 지으면서도 배를 눌러보더니 알배기라고 흐뭇해 했다. 나는 마당 수돗가에 도마와 식칼을 대령하고 시어머니가 그 늠름하고 잘생긴 생선을 어떻게 요절을 내는지 흥미진진하게 지켜보았다. 대가리를 자르고 배 속에서 조심스럽게 알과 부레를 꺼내는 걸 보면서 어렸을 적에 아버지가 낚시해온 붕어 배를 가르는 걸 옆에서 구경할 때 생각이 났다. 사물의 안과 밖을 같이 보는 최초의 경험이 그 당시처럼 설레는 경탄으로 되살아났다. 그건 그리움이었다.

이런 것을 절창(絶唱)이라고 부르는 걸까? 아니면 명장면이라고 부르는 걸까? 아름다우면서도 슬프고, 힘이 있으면서도 아련해지는 장면이었다.

민어의 몸은 횟거리와 찌갯거리, 구이용으로 나뉘어졌다. 대가리가 워낙 컸으므로 회와 구이용으로 좋은 살을 발라내고 남은 뼈와 살까지 합치니까 큰 냄비로 하나 가득했다. 곰국을 끓일 때나 쓰는 큰 솥에다 애호박 썰어 넣고 고추장 풀고 끓인 민어찌개 맛은 준칫국과는 또 다른 달고 깊은 맛이 있었다. 민어찌개 끓일 때는 보리고추장을 써야 하고, 회 먹을 때 쓰는 초고추장은 찹쌀고추장으로 만들어야 하고, 민어구이는 연탄불에 굽지 말고 숯불을 피워서 양념장을 발라가며 반짝반짝 윤기가 나게 구워야 한다는 자세한 설명을 하면서도, 시어머니는 그걸 나에게 가르칠 뜻이 있는 것 같지 않았다. 다 손수 하는 게 그렇게 신바람 나 보일 수가 없었다.

늦더위의 끄트머리, 민어 한 마리를 잡은 나의 온몸에는 땀이 흘러내렸다. 할머니의 손과 엄마의 눈이 내 손에 옮아붙었다. 식구들을 위해 갈무리를 마치고 동생들을 위해 노느매기까지 해놓았다. 큰일을 혼자 해내었다는 성취감이라 할까?

이튿날 어머니 집에 들러 혼자서 민어 한 마리 잡은 것을 무용담 말하듯이 흥분해 늘어놓았다. 큰 칭찬이라도 받을 줄 알았는데 어머니는 나를 그저 물끄러미 바라보시는 것 같았다. 민어회와 양념한 민어구이를 해드렸을 때 그 바라보던 눈길을 잊지 못한다. 약간은 뜨악하게.

할머니가 생선을 잡으시던 그 장면이 나에게 재현된 것을 결코 바라지 않았음이 아닐까? 그 장면을 쓰셨으면서도 미각에 집착했던 할머니의 유난스러움이 나에게 물려지기를 바라지는 않으신 게 아닐까? 아니면 글로 쓴 것과는 다른 시집살이의 기억이 뒤늦게 되살아나신 건가?

할머니가 의욕과 기운이 떨어진 이후로 친정에서 민어를 사는 일은 없었다. 내게도 그날 민어를 잡은 이후로 다시 그런 일이 생기지 않았다.

그러나 소득이라면 소득이 있다. 작은 생선쯤은 겁 없이 우습게 다루게 되었다. 이제 전어 정도는 손쉽게 다루어 회를 친다. 수산시장에서 수족관의 전어를 사며 회는 치지 말고 잡아만 주세요, 하면 나를 다시 쳐다본다.

지금은 큰 생선을 통으로 사는 일은 하지 않는다. 그건 훨씬 젊을 때의 일이다.

산 자를 위한 음식

젯상에 올리는 음식이라고 해서 죽은 자만을 위한 음식은 아니다. 다만 제사라는 의식을 지내고 나서 먹는다는 것. 나는 오랫동안 제사 음식을 보아왔다. 아주 어릴 때부터. 한 번밖에 보지 못한 할아버지의 제사를 지내는 것부터 할머니 아버지 그리고 어머니까지.

나는 굳이 메모를 하지 않고도 제사 준비를 위한 장보기를 한다. 거피한 녹두를 미리 사놓고 시금치를 준비하는 것은 그리 힘들지 않다. 일주일에 세 번 오는 트럭아줌마에게 부탁하면 좋은 걸 미리 구해다가 준다. 뿌리 부분이 발그레해서 단맛이 나는 섬초라는 시금치를 꼭 구해달라고 한다. 계절에 따라 구하기 어려울 때도 있지만.

그리고 집에서 가까운 정육점에 채끝등심과 꾸리살을 미리 주문해놓는다. 유난을 떨 것까지는 아니지만 가까운 곳에서 구할 수 있는 좋은 재료를 구하는 것은 자연스러운 일이다.

차례를 지내는 설이나 추석에는 그 전날 음식을 준비하지만 제삿날은 당일에 음식을 만든다. 내가 밑간을 해놓고 음식 재료를 준비하면 동생들과 조카들과 며느리들이 전을 부친다. 도라지를 다듬는 것은 동생들 몫이다.

도라지를 가늘게 저며 다듬는 것은 어머니에게 배웠다. 좀 성가시지만 그걸 다듬으며 엄마 생각을 곁들여 이야기를 나눈다. 그 가느다란 생도라지와 절인 오이를 넣고 초무침을 하면 참 개운하고도 맛있었지. 생일상을 차리면서 생도라지무침을 잘 해주셨지. 제사 음식을 하면서 엄마가 차려주던 생일상을 생각한다.

정육점 아저씨가 주문한 고기를 꺼내놓고 채끝등심을 적당히 자르는 것을 지켜본다. 3센티 정도의 두께로 썰어 데칼코마니처럼 반으로 잘라놓으면 참 든든하니 보기가 좋다. 기계로 한번 꾹 눌러주면 다지는 효과도 있다. 채끝등심 산적은 우리집의 오래된 제사 메뉴지만 요즘식으로 봐도 그리 구닥다리는 아니다. 양념한 스테이크라고나 할까. 넉넉한 크기의 산적은 양념해두었다가 굽고, 상에 올릴 때 잣을 다져 그 위에다 얹는 것은 내 몫이다.

채끝등심 손질이 끝나면 고기전으로 만들 꾸리살을 자르는 것을 지켜본다. 너무 얇으면 전을 부칠 때 힘들고, 너무 두꺼우면 씹히는 맛이 별로이기도 하고 분한(分限)이 없으니까 손해다. 그러니까 좀 유난스럽게 '적당히'를 지켜본다. 그리고 빈대떡에 넣을 돼지고기 삼겹살을 썰어달라고 한다.

그리고 또 중요한 게 있지. 국을 끓이기 위해 양지머리 고기를 덩어리째 사 온다. 양지머리는 소의 젖 부분이라고 한다. 기름기가 없으면서도 향취가 좋다. 살코기보다는 갈비에 붙은 힘줄이 적당히 있는 부분이 맛이 좋다.

탕수국은 핏물을 뺀 양지머리 덩어리를 끓는 물에 넣고 덩어리 무를 함께 넣어 끓인다. 무가 물러질 때쯤 다시마도 넣어 끓인다. 국이 끓을 때 거품(나는 '버큼'이라고 불렀다.)을 건져주면 깨끗한 국이 된다. 제사상에 올릴 탕국의 고기는 크게 썰지만 나중에 같이 먹을 때는 보통 때와 비슷하게 썰어 슴슴하게 간을 한다. 제사 음식에는 파를 쓰지 않는다고 하지만 나는 나중에 대파를 넣어 한소끔 끓인다. 간은 조선간장 아주 조금, 소금도 아주 조금 넣는다.

산적고기와 고기전의 양념은 별다르지 않다. 배와 양파를 강판에 갈아서 넣고(기계는 쓰지 않는다.) 정종과 마늘과 설탕과 참기름으로 양념장을 만들어 산적용 고기를 재어놓는다. 고기전은 고기가 흐트러지지 않게 양념장을 살살 뿌려놓아야 한다. 고기전은 꾸리살로 해야 기름이나 힘줄이 없어 전을 부칠 때 모양이 어그러지지 않는다. 양념장이 짜지도 싱겁지도 않아야 고기전의 간이 알맞게 그리고 육즙이 적당히 있게 된다.

아이들이 퍽 좋아해서 제사를 지내는 날엔 할머니집에 고기전 먹으러 간다고 한단다. 지내고 나서는 집집마다 바리바리 싸주는 재미가 있다. 맛없는 음식을 누가 싸달라고 하겠는가. 전을 부치는 것은 동생들과 조카들과 며느리들이 해주는데 젊은이들한테는 늘 시간이 될 때 도와달라고 한다. 생선전보다 고기전은 부칠 때 공이 많이 든다.

예전에 어머니는 간전을 부쳤다. 소의 생간을 사다가 얇게 저며 부쳤는데 맛은 특별하게 좋았지만 점점 생간을 구하기가 힘들어졌고 물컹물컹한 간을 자르는 것이 보통일이 아니어서 어느 틈에 고기전으로 바꾸어 하게 되었다.

　　가늘게 다듬은 도라지는 바락바락 소금물에 씻
으면 숨도 죽고 간도 된다. 쌉쌀한 맛과 단맛이 함께
있는 도라지는 어릴 때는 무슨 맛인지 몰랐지만 점
점 그 맛을 알아간다.

　　시금치나물은 시금치를 끓는 물에 살풋 담갔다
빼야 한다. 너무 물컹 삶아지면 야채의 신선함이 아
깝다. 그리고 건져서 찬물에 담가 씻어야 녹색이 예
쁘게 된다. 예전에는 소금으로 무쳤는데 요즘은 간
장으로 무친다. 나는 몽고간장을 즐겨 쓰는데 다른
것에 비해 색이 투명하고 맛이 좋다. 고사리나 고비
나물은 잘 다듬은 뒤 무칠 때 간으로 맑은 멸치액젓
을 쓴다. 나는 소스나 재료에 약간씩 변화를 주는 편
이다.

　　제사 음식 중 가장 손이 많이 가는 것이 빈대떡
이다. 그 전날 거피한 녹두를 물에 담가 불려 씻는데
껍질이 잘 벗겨져 나오려면 수십 번은 씻어야 한다.
그리고 혹시 모르니까 돌을 가려내야 한다. 요즘은

곡식이 잘 정제되어 나오기 때문에 거의 없지만 그 래도 가끔 한두 개 정도 나올 때가 있다.

녹두를 돌과 같이 갈게 되면 그건 정말 큰일이 다. 영락없이 모래를 씹게 된다. 그래, 세상에는 그 런 일이 있을 수 있지. 거슬리는 돌이 한 개만 들어 가도 그게 모래처럼 잘게 갈려서 독이 되는 것. 나는 녹두를 일어 씻으며 늘 그런 생각을 하게 된다.

불리고 잘 씻은 녹두를 적당히 가는 것은 늘 신 경을 써야 한다. 너무 많이 갈면 밀가루 푼 것같이 되어버리고 너무 조금 갈면 입에서 깔치락거리니까 적당해야 한다. 나는 커피콩을 갈듯 한다. 물론 커피 와 다른 점이 있다면 녹두를 갈 때에는 적당한 물을 넣어야 한다는 것이지만.

그런데 녹두를 간 빈대떡 고명으로 숙주를 올리 는 것은 좀 기분이 이상하다. 녹두에 순이 돋은 것이 숙주가 아닌가? 빈대떡에 넣을 재료를 준비하면서 항상 갸우뚱하게 되지만 그래도 좋다. 별맛은 없지 만 시원하기도 하고 삐죽한 콩나물 대가리와는 달리 다소곳한 숙주는 은근한 매력이 있다.

숙주를 데쳐서 잘게 썰어 약간의 소금과 참기름

으로 밑간을 해놓는다. 그리고 김치. 잘 익은 김치의 줄거리 부분을 꺼내 양념은 대강 걷어낸다. 고춧가루는 아주 다 걷어내지 않고 그저 훑어내는 정도로 잘게 썰어 약간의 설탕과 참기름으로 밑간을 한다.

돼지고기는 삼겹살로 준비해 썰어놓고 설탕 소금 참기름 마늘로 밑간해놓는다. 이때 다진 돼지고기는 좋지 않다. 씹히는 맛이 없고 미리 다져서 파는 고기는 질이 나쁠 수가 있기 때문이다. 그리고 버섯은 느타리나 표고를 살짝 데쳐서 잘게 썰어 소금과 참기름으로 밑간한다.

손이 많이 가는 빈대떡이지만 제사 음식으로 올리고 나면 남은 것을 나누어주기도 하고 냉동실에 두고 먹을 수 있다. 빈대떡은 제사 음식뿐만 아니라 손님 초대할 때에도 좋은 메뉴가 되었다. 전은 처음 부칠 때가 가장 맛있지. 아이들이 먼저 먹고 싶어 하면 언제나 "먹어보아라. 맛있을 때 먹어라." 늘 그런 말이 오간다.

만약에 혼자 이 음식을 준비한다면 무슨 의미가 있을까? 할 수 있는 능력과 기운이 있다 할지라도. 제사란 가족이 모여 음식을 만들며 먼저 간 사람을 그리워하는 의식이 아닐까? 나는 언제까지 이 일을 할 수 있을까? 기운이 빠지면 영락없이 그런 생각이 든다. 그리고 혼자 대답한다. 그저 할 수 있을 때까지.

거의 완벽에 가까운, 멘보샤

분명히 있었던 일인데도 정말 그랬을까 고개를 갸우뚱할 때가 있다.

　　아버지는 시계 같은 사람이라고 할 때가 있었다. 아버지의 퇴근 시간은 저녁 7시였는데 마루의 괘종시계가 7시 30분이 되어 땡 울리면 칼같이 집에 들어오셨다. 그 시계는 시각의 숫자마다 느리게 울리다가 30분에는 한 번 땡 울렸는데, 7시 30분이면 정확하게 집에 들어서는 아버지를 우리는 땡서방이라고 불렀다. 아버지의 가게가 있는 백화점 닫는 시간이 7시였다. 그 정확하고 완전한 사랑의 기억이 이토록 오래갈 줄이야. 그 시기의 행복감은 지금껏 몸에 배었을 정도이니 영원에 가깝다고 해야 할까.
　　퇴근해 집에 돌아온 아버지의 손에는 종종 고려당의 도너츠나 고로케가 들려 있었다. 명동에 있던 고려당의 도너츠는 딱딱한 종이상자에 들어 있었는데, 열 개들이 사각상자는 그 상자의 모양만 해도 세련되어 보였다. 서울 장안의 최고라는 자존심이 그 상자의 압도적인 크기와 디자인에 있었다. 1960년대 이야기다.

맛도 이루 말할 수 없이 좋았다. 계피 냄새가 은은히 풍기고 아삭아삭한 설탕이 뿌려진 도너츠의 감미로운 맛, 이따금 온기가 채 식지 않은 고로케의 맛은 일품이었다. 요즘도 가끔 유명하다는 집의 도너츠나 고로케를 먹어보지만 언제나 내 입맛에는 그때보다 못하다는 느낌이다. 당시 입시를 앞둔 아이는 한 개 더 먹을 수도 있었다. 우리는 그 온기가 식기 전에 달려온 아버지를 사랑했다.

7시 무렵부터 엄마는 부엌에서 아버지의 저녁 술상을 차렸다. 그때 엄마가 특별히 만들었던 요리를 잊을 수 없다. 그걸 여러 번 만들지는 않았던 것 같다. 새우살을 다져 쫀득해진 것을 식빵 사이에 넣어 튀긴 요리는 참으로 황제의 음식처럼 보였다. 그 당시 어느 집에서도 그런 음식을 만들지는 않았을 것이다. 아버지의 만족감과 행복감은 거의 완벽해보였다. 그걸 바라보는 엄마의 모습은 아름다웠다. 거기에는 그 어떤 눈길도 새어들지 않은 우리 가족만의 낙원이 있었다.

최근 고급 중국음식점에서 멘보샤(面包虾)가 메

뉴에 있는 것을 보았지만 주문을 하지는 않았다. 인터넷에도 유명 셰프의 요리법이 얼마든지 나와 있지만 굳이 그 음식을 먹어보고 싶은 생각은 나지 않는다. 기억 속에 이미 멘보샤의 감미로운 풍미와 감촉이 뚜렷하니까.

그러나 엄마의 글 어디에도 소설 속에도 멘보샤를 만들었다는 언급은 보지 못한 것 같다. 엄마의 기억 속에는 없었던 것일까, 아니면 내가 느낀 행복감과는 다른 감정이 있었을까. 60년이 지났는데도 나에게는 그 맛과 냄새가 선명히 기억나는 것은 왜일까?

마냥 이어질 것 같은 땡서방의 시간은 그리 오래가지 않았다. 그렇지만 엄마가 차리는 저녁상의 분위기는 그리 변하지는 않았다. 돌아가실 때까지.

단편 「여덟 개의 모자로 남은 당신」에 나오는 장면이다.

그가 보통 때와 다름없이 맛있는 저녁식사에 대한 기대에 한껏 부푼 표정으로 현관에 들어서면 나는 신혼 때처럼 종종걸음으로 그를 마중해 모자 먼저 받아 걸었다. 비록 늙은 얼굴에 걸맞지 않은 갓난아기 같은 민둥머리를 하고 있을망정 그는 매일매일 멋있어졌다. 너무 멋있어 가슴이 울렁거릴 정도로 황홀할 적도 있었다. 일찍이 연애할 때도 신혼 시절에도 느껴보지 못한 느낌이었다. 그건 순전히 살아 있음에 대한 매혹이었다. 그러고 나서 풍성한 식탁에 마주 앉으면 우린 더불어 살아 있음에 대한 안타까운 감사와 사랑으로 내일 걱정을 잊었다.

전염병 시대의 밥상

세끼 밥상을 차리는 것은 은근히 집중력과 창의력을 요한다. 60대 후반에 들어선 나는 지겹도록 듣는 건강을 위한 지나친 정보와 사회적인 잔소리(?)에 시달려야 한다. 몸에 좋은, 몸에 좋은, 몸에 좋은. 몸이 중요한 건 알지만 지나치게 많이 들으니까 괜한 반발이 생기기도 한다.

　　한 끼 한 끼 다른 음식을 차려 먹는다는 건 쉽지 않다. 그렇다고 비슷한 음식이 또 올라온다면 나 자신이 지겨워진다. 지루하지 않은 연속성을 위해서는 아이디어가 샘솟아야 한다. 게다가 늙어가며 이런저런 병이 생겨나기 시작하니 어쩔 수 없이 가려야 할 음식이 생기고, 먹기 싫어도 먹어야 하는 것이 있고, 먹고 싶어도 소화를 못 시키는 것도 더러 있다. 요즘처럼 전염병 때문에 외출이 어려운 시기에는 세끼 밥을 집에서 해결해야 하는 것이 나만의 문제가 아니게 되었으니 수긋하게 그 몫을 할 수밖에 없다.

　　매화가 환하게 피고 아기수선화도 한 차례 절정을 지나고 복수초도 키가 훌쩍 커서는 씨를 맺었다. 얼마나 고마운 꽃인지 모른다. 2월 어느 날 봄을 알리는 소리 없는 종소리처럼 짜잔 피더니 한 달 넘게 피고 지고 하다가 키가 부쩍 커서 그 이파리도 싱싱하니 예쁘기도 하다. 큰 나무의 축소판 같기도 하다. 작은 솔방울처럼 맺힌 씨도 귀엽다. 풀꽃도 들여다보고 있으면 그 존재감이 대단하다.

보랏빛 히아신스가 왕관처럼 땅에서 올라오더니 망울망울 종처럼 꽃이 핀다. 그 곁에 기승스럽게 올라오는 부추 저것은 좀 따주어야 한다. 생명력이 강해 마당을 다 휘덮어버릴 듯하니 뿌리째 부춧잎을 따놓는다. 뿌리 부분을 가까이 들여다보면 땅기운이 아직 스며 있는 듯 발그레하다. 이렇게 새로 올라온 봄부추가 특히 몸에 좋다 했나? 피를 맑게 해준다고 한다. 그저 한 주먹만 따도 하나의 반찬거리가 된다.

요즘은 사철 내내 오이가 나오지만 부춧잎이 나올 때 담그는 오이소박이가 가장 맛이 좋은 것 같다. 내 생각이지만.

냉장고가 없던 시절 항아리에 담근 오이소박이가 빨리 시어질까 봐 큰 함지박('다라이'라고 불렀다.) 안에 우물물을 채워 항아리째 담가놓았던 할머니. 그 우물물이 뜨뜻해지면 다시 새 물로 갈아주고. 오직 알맞게 익은 오이소박이를 식구들에게 먹이기 위해 정성을 기울였던 할머니. 그 아작아작 씹히던 맛. 내가 아무리 흉내 내려 해도 그 맛과 식감은 절대로 안 나온다.

소박이란 소를 넣어 박았다는 뜻이니 무심히 썼던 낱말 속에 레시피가 들어 있다. 오이 속에 박을 소를 만들기 위해 부추를 따다 씻어 잘게 썰고 마늘을 다져놓는다. 의외로 어렵지 않다. 오이를 적당한 크기로 토막내어 껍질에 굵은 소금을 비비듯이 굴려놓고, 한두 시간 후에 씻어 손으로 하나하나 꼭꼭 눌러 소금기와 물기를 빼면 된다. 오이가 아작아작 씹히려면 그렇게 해야 한다. 그다음엔 오이 토막 가운데 칼집을 내어 그 사이에 소박이 양념을 넣는다. 새우젓 다진 것, 마늘 다진 것, 고춧가루, 쪽파와 부추 다진 것을 잘 버무리면 양념이 된다. 나는 여기에 맑은 멸치액젓을 조금 넣어 국물을 만든다.

오이소박이에 붓는 물은 펄펄 끓는 물이어야 오이가 익어도 무르지 않는다고 한다. 그러면 시원하게 국물도 먹을 수 있는 오이소박이가 된다. 오래 두었다가 먹는 것보다는 살짝 익었을 때가 가장 맛있다. 너무 많이 담가놓으면 영락없이 시어져 못 먹게 된다.

마당에 올라오기 시작한 머윗잎을 아기 손바닥만 해졌을 때 따서 살짝 데쳐 쌈을 싸 먹는 것은 봄의 별미이다. 머위꽃은 생뚱맞게 배추처럼 덩어리져 꽃이 피고 동떨어진 곳에 이파리가 나온다. 자세히 보면 신기하지 않은 생물이 없다. 머윗잎을 데쳐 쌈을 싸 먹는 것은 호박잎쌈과는 다른 쌉싸름한 맛이지만 강된장을 넣어 싸 먹는 것은 비슷하다. 봄의 입맛을 돋워주는 고마운 식단이 된다.

새로 지은 밥을 강된장과 함께 부드럽게 찐 호박잎에 싸 먹으면 밥이 마냥 들어간다. 그리고 마침내 그리움의 끝에 도달한 것처럼 흐뭇하고 나른해진다. 그까짓 맛이라는 것, 고작 혀끝에 불과한 것이 이리도 집요한 그리움을 지니고 있을 줄이야.

호박잎과 머윗잎의 맛은 사뭇 다르다. 머윗잎이 봄날 흙에서 끌어올린 까탈스러운 맛이라면 한여름의 호박잎은 태양빛을 받아 모든 것을 내줄 것 같은 부드러운 넉넉함이 있다. 봄에는 여린 머윗잎을 따 먹고 나중에 자라 머윗대가 굵어지면 푹 삶아 질긴 껍질은 벗겨내고 하얀 줄거리를 결대로 죽죽 찢어 초고추장에 무쳐보자. 훌륭한 음식이 된다. 그 레시피는 시댁에서 보고 배운 건데 어머니께도 해드리면 밥 한 공기를 그냥 비울 정도로 좋아하셨다. 마당에 따로 채소를 키우지는 않았으니까 땅에서 나는 것으로 반찬을 해내는 걸 흐뭇하게 생각하셨을 거다.

그런 생각을 하며 곳곳에 올라오는 머윗잎을 딴다. 나중에 잎이 드세지면 쌈이나 나물로 무쳐 먹기가 곤란하다. 봄의 마당에서 거저로 얻는 반찬거리들, 매화 앵두 살구꽃이 꽃대궐을 이루었는데도 슬픔이 고인다.

어디선가 쿨럭대는 기침 소리가 들리는 듯하다. 어디선가 가슴을 조이는 신음 소리가 들리는 듯하다. 어느 4월이 잔인하지 않은 적이 있었던가? 시인 T. S. 엘리엇 때문이라고 생각한다. 4월이 되면 「황무지」를 꺼내 읽고는 했는데 나뿐만 아니라 거의 모든 사람들이 첫 구절만 읽는다는 말에 공감한다.

냉장고와 싱크대와 도마와 식탁을 오고 가며 하루 세끼를 해결하고 설거지를 마치는 순간, 하루의 의무를 끝낸 듯 마음이 숙연해진다. 어쩌면 그 마침의 순간을 위해서 하루를 지냈는지도 모른다. 마지막으로 행주를 빨아 삶는다. 마치 하나의 마침표처럼. 지루함과 곤고함의 상징과도 같은 행주.

　　요즘 일회용 티슈도 많은데 무슨 행주를 삶아 쓰는 궁상이냐고 하겠지만 나에게는 나만의 의식과도 같다. 산란하고 불안한 마음까지도 깨끗해지고 소독되기를 기원하는 마음이 된다. 지금은 더욱이 어지러운 전염병 시대가 아닌가?

나를 위로하는 부드러운 음식

뉴질랜드산 단호박이 꽤 실하길래 하나를 산다. 밤고구마처럼 파삭파삭하다고 한다. 어떤 것은 삶으면 물기가 많아 지룩한 것도 있는데, 겉으로 보아선 알 수 없다. 집에 와서 보니 어찌나 껍질이 딱딱한지 내 힘으로는 칼이 들어가지 않는다. 겨우 온 힘을 다해 여덟 등분으로 자르고 씨를 파낸 뒤 체를 받쳐 푹 익도록 삶는다.

단호박이 익는 동안 양파를 잘게 썰어 버터에 볶는다. 버터는 좋은 것으로 사놓아야 안심이 된다. 서울우유 버터도 충분히 좋지만 얼마 전 단골집에서 캐나다산 버터가 좋아 보이길래 사놓았더니 기분이 흐뭇해진다. 예전에 국산 버터가 없었을 때는 '장교버터'라는 게 있었는데 그걸 기억하는 사람이 있을까? 토막토막 한 번에 빵에 발라 먹을 수 있게 나누어져 기름종이에 싸인 버터가 왜 그리 믿음직스럽고 고급스러워 보였던지. 상표는 기억나지 않지만 어머니는 그걸 장교버터라고 불렀다.

동네 시장이라도 한 군데쯤엔 미군부대에서 흘러나오는 미제 물건들을 파는 가게가 있었다. 물론 동대문시장이나 남대문시장의 수입품 상가처럼 대규모는 아니었지만. 아니면 외제 물건을 집집마다 다니며 파는 아줌마들이 있었다. 이제 우리는 어느 나라 물건이라도 자유롭게 수입한 것을 마트에서 버젓이 살 수 있어 부러워할 것도 없이 되어버린 데다가 한국 식품이나 물건을 더 믿을 수 있게 되었으니 얼마나 좋은지 모른다. 캐나다산 버터를 산 것은 그냥 지나간 세월에 대한 향수라고나 할까?

버터에 양파 볶는 냄새가 좋다. 푹 삶아진 단호박은 정말 밤고구마처럼 물기가 없다. 껍질을 벗겨내지만 약간 껍질이 들어가도 푸릇푸릇하니 나쁘지 않다. 우유를 넣어 믹서기에 간다. 오래도록 썼지만 손에 익은 작은 믹서기는 고맙게도 호박을 잘 갈아준다. 빛깔이 환상적으로 좋다. 짙고 깊은 노란색이 식욕을 돋워준다.

버터에 볶은 양파도 같이 넣고 갈면 조리는 끝난 셈인데, 그 걸쭉한 수프를 소금간만 하여 다시 한 번 끓여준다. 그리고 마지막에 비슷한 색깔의 강황 가루를 넣는다. 그 샛노란 빛깔이 편안한 안도감을 준다. 그 부드러운 맛과 냄새가 삶의 쓸쓸함과 지루함을 잊게 해준다.

내가 아플 때 누군가 나에게 그런 부드러운 수프를 끓여주면 좋겠다. 그런 마음이 드니까 금세 슬픔이 몰려온다. 그런 날이 언젠가 오겠지. 스스로 수프를 끓일 힘이 없다면 먹을 힘마저 없을지도 모른다. 그 버터 냄새를 견디지 못할지도 모른다. 지금이 순간 내 입맛을 돋우는 수프를 끓일 의욕과 기운이 있음에 단순히 감사하기를.

자주 하는 부드러운 음식 중 또 하나가 잣죽인데 가장 쉬우면서도 며칠은 두고 먹어도 괜찮으며 아침밥 먹기 전에 먹으면 입맛이 도는 데다 자주 먹어도 물리지 않는다. 잣이 몸에 좋다는 건 알고 있었지만, 잣죽을 먹으면 아침잠이 덜 깨어 침침하던 눈이 반짝 떠지는 걸 진짜로 경험하고는 즐겨 하게 되었다.

불려놓은 쌀과 함께 잣을 거의 동량으로 넣어믹서에 갈면 된다. 물은 쌀의 다섯 배쯤 넣으면 된다. 믹서기에 간 것으로 죽을 끓이면 되는데 다 될 때까지 저어주는 게 중요하다. 하다 보면 쌀 덩어리가 뭉치는 순간이 있다. 나는 좁쌀처럼 된 쌀 알갱이가 익어서 투명해질 때까지만 끓인다. 너무 많이 갈아져서 풀처럼 된 것보다 쌀 알갱이가 부드럽게 씹히는 상태를 좋아한다. 개인적인 취향이지만.

준치, 깨끗하고 감미로웠던

나는 분명히 기억하고 있지만 요즘엔 통 보이지 않는 음식이 있다. 그것은 바로 준치. 지방의 어시장에서 드물게 준치를 파는 것을 본 적이 간혹 있지만 준칫국을 파는 음식점을 본 일은 없다.

6월 말쯤 초여름이라고 기억한다. 할머니는 준칫국을 끓이셨다. 그러려면 어머니는 동대문시장에서 싱싱한 준치를 사 오셔야 했는데 그때는 할머니의 권위가 대단했다. 다른 건 몰라도 집안 식구들의 음식을 주도하는 칼자루를 쥐고 있었다.

준치는 흰살 생선이고 담백하여 지리로 끓였다. 자주 먹는 것이 아니라 딱 제철에 하루만 먹는 음식이었다.

생선국 하나 끓이는 것이 유난스러운 연례행사와 같았던 1950년대. 그건 충신동 집에서의 기억인데 그때를 잊지 않고 있는 것이 지금 생각해도 기특하다. 나는 정확하게 만 일곱 살이 되기 전의 기억을 꽤 많이 하고 있는 데다가, 훗날, 사실은 먼 훗날에 어머니의 글에서 그 기억의 편린을 맞추어볼 수 있는 것도 나에게는 특별한 행운이다.

뼈가 많은 생선이라 여섯 살 어린아이에게는 먹기 힘든 음식이었지만 나는 그걸 먹어보려고 애썼던 것 같다. 그 감각을 아직 혀끝에 간직하고 있다. 내가 준칫국을 먹는 걸 자랑스럽게 바라보는 당당했던 할머니의 눈길과 표정과 함께.

어머니는 훗날 준칫국 이야기를 소설 『그 남자네 집』에서 자세하게 썼다. 시어머니와 주인공과 준치 이야기의 삽화(揷話)가 어머니의 마지막 소설 속에 장황할 정도로 들어가 있다는 것이 나에게는 의미가 있다. 어머니가 꼭 쓰고 싶은 장면이 아니었을까?

가시가 있는 생선살의 위험한 감미로움, 그 하얀 생선살은 담백하면서도 배틀했고 얇으면서도 깊은 맛이 났다. 지금 굳이 떠올려보면 싱싱한 갈치와 도미의 중간쯤 되는 맛이라고 할까? 그러나 알 수 없다. 60년 가까이 맛보지 않은 생선국의 맛을 떠올린다는 것은 불확실할 것 같기도 하고 더 선명할 것 같기도 하니까.

두 개나 잇대놓은 대문짝만 한 얼음판때기 위의 생선들은 누워 있는 게 이상해 보일 정도로 싱싱했다. 바다를 유영하던 물고기들이 심심할 때 풀쩍 공중으로 비상을 시도해보듯이 솟구칠 것만 같았다. (중략)

물 좋은 준치는 아름다웠다. 납작한 몸을 감싼 은빛 비늘은 셀로판지처럼 얄팍하고도 견고한데 물보라처럼 은은한 무지갯빛이 감돌았다.

어머니 소설 속의 삽화는 나에게는 기록영화 같은 장면이다. 이런 표현을 쓸 수 있는 사람이 또 있을까? 1950년대 말 수족관이 없던 시절 가장 싱싱하고 물 좋은 생선을 팔던 동대문시장 어물전의 풍경을 기록할 수 있는 사람이 또 있을까?

"예로부터 썩어도 준치라는 말이 있지. 그만큼 맛있다는 소리지만 생선이란 어떤 생선이고 물이 살짝만 가도 맛은 다 가는 법이니까 그 말 믿으면 안 된다." 소설 속의 대사지만 분명 우리 할머니의 어록이다.

숫돌도 도마도 얼마나 혹사를 당했는지 가운데
가 완만하게 패어 있었다. 도마는 둘인데 칼은 식칼
하나밖에 없었다. 식칼을 숫돌에다 푸르게 날이 서도
록 갈더니 비늘을 긁어낸 준치 몸에 잔칼질을 하는
것이었다. 왜 그렇게 잔칼질을 하는지 몰랐지만 시어
머니의 그 손놀림은 하도 신중하면서도 날렵해서 나
는 그저 경탄의 눈길로 바라볼 수밖에 없었다.

혹시나 가시가 아들이나 손녀의 목에 걸릴까 봐
잔칼질을 유난스럽게 했던 할머니의 모습이다. 음식
을 만드는 데 있어 최고의 재료로 최선을 다하는 모
습이다. 그때는 몰랐지만 아련하고 불확실하게 남아
있는 기억이 어머니의 글 속에서 선명한 그림으로
되살아난다.

생선은 으레 졸이거나 절이거나 고추장찌개를
하는 줄 알았는데 준치로는 맑은 장국을 끓였다. 새
파란 쑥갓과 실파가 동동 뜬 준칫국은 하나도 비리지
않고 깨끗하고 감미로웠다.

어머니의 발걸음이 생각난다. 엄마의 손을 잡고 같이 갔던 동대문시장의 풍경과 소리와 냄새가 생생하게 되살아난다. 엄마가 눈길을 주었던 맛살을 팔던 아줌마, 돼지 비계를 쇠번철 위에 올려놓고 빈대떡을 부치던 정갈하게 쪽을 찐 할머니들, 엄마를 보고 푸근하고도 반가운 미소를 짓던 아줌마들, 전선줄을 꼬아 만든 시장 바구니, 물건 값을 깎지 않았고 악착스레 더 달라고 하지도 않았던 부드럽고 우아했던 엄마…. 얼마 안 되는 거리였지만 시장을 보러 나갈 때도 한복을 정갈하게 차려입은 우리 엄마는 얼마나 예뻤던가.

준치를 떠올린다고 해서 지금 당장 맛보고 싶다거나 한 것은 아니다. 어머니의 글에서 싱싱하게 살아 움직이는 것이 신기할 뿐이다. 잔칼질을 하던 할머니의 자신만만했던 손의 리듬을 기억하는 것만으로도 충분하다고 생각한다.

오래전 어머니가 보시던 요리책에서 준칫국을 발견했다. 레시피는 의외로 간단했지만 그래서 더욱 위엄이 있어 보였다.

이것은 맑은 장국에 끓이는 것이니, 끓이는 법은 이 우에 생선국과 같으니라. 미나리와 파를 많이 넣고 끓이나니라.

— 방신영, 『조선요리제법』(1942) 중에서

나의 기억은 미나리가 아니라 쑥갓이었는데. 엄마의 글에도 역시 쑥갓이었고. 우리 모녀만의 기억의 일치라고 할까.

봄비 오는 날의 비빔국수

얼마 전 넷플릭스에서 〈빨간 머리 앤〉을 하염없이 눈물을 지으며 보았다. 중학교 시절 그 책이 유행한 적이 있었는데 나는 그런 대열에 끼지 못했다. 유명하지만 자세히 몰랐던 그 이야기들이 신선하게 다가왔고 씩씩함과 순수함을 시적인 언어와 영상으로 만든 드라마에 존경심이 우러나왔다. 보고 나서도 찜찜하거나 불쾌하거나 이게 뭐야? 하는 의구심이 들지 않는 드라마는 실로 오랜만인 것 같은 느낌.

중학생 시절 이렇다 할 친구 없이 학교에 다니는 것은 참으로 괴로웠다. 같이 전차(무려 전차가 다니던 시절이었다.)를 타고 다닐 친구, 버스 정류장까지 동행할 친구, 비슷한 화제로 대화를 나눌 친구 하나가 없던 그런 시절이 있었다. 그렇다고 완전한 외돌토리도 아니었지만 인기를 끌 것도 없고 특별히 공부를 잘하는 것도 아니고 눈길을 끌 것이 없는 평범한 아이.

책을 한 권 제대로 읽은 것도 없이 공부의 재미도 모르고 그렇다고 놀 줄도 몰랐던 시절이 있었다. 입학시험을 치르고 원하는 중학교에 들어갔지만 단지 배지를 달았을 뿐 단짝도 친구도 뚜렷한 목표도 없이 총체적인 열등감과 소외감에 시달려야 했다. 수업 시간에는 한없이 졸리었던 기억밖에 나지 않는다. 차라리 선생님 몰래 소설책을 보는 친구가 부러웠으니까.

비 오는 토요일 오후였던 것 같다. 집에 가는 길에 한 친구와 같이 걷게 되었다. 이름도 생각나지 않는 걸 보면 그 후 계속 친했던 것 같지는 않다. 광화문에서 관훈동까지 걸어서 그 친구네 집에 갔다. 작은 한옥이었는데 한복을 입고 쪽을 찐 친구의 엄마는 점심을 차려주었다. 마루에 차려준 겸상에는 비빔국수와 따끈한 국물이 정갈하게 놓여 있었다. 다른 반찬이 있었던 것 같지는 않은데 친구 엄마의 분위기가 참으로 단아했고, 그 비빔국수는 정말 맛이 좋았다. 가는 국수를 알맞게 삶아 참기름과 다진 고기를 넣은 양념과 잘게 썬 김치가 감칠맛이 돌았다.

관훈동의 작은 한옥 그 친구는 형제가 있었던 것 같지가 않다. 그래서 쓸쓸해 보였다. 그 당시 할머니라면 몰라도 어머니들은 머리에 쪽을 찌던 시절이 아니어서 쪽 찐 머리가 의아했고 더 옛날 사람 같이 보이게 했다. 그 어머니는 나에게 아무것도 묻지 않았고 그게 편안했지만 다른 엄마들과 달랐던 것 같다.

나는 지금도 인사동 근처에 가면 그 비빔국수의 맛이 떠오른다. 차갑게 감기던 가는 국수의 맛. 그 관훈동 집 근처는 오래전에 헐린 모양이다. 아마도 빌딩이나 레지던스 호텔이 들어섰겠지.

나는 가끔 봄비가 오는 날이면 그 맛의 기억으로 비빔국수를 만든다.

어머니는 내가 만든 비빔국수를 좋아하셨다. 어디 가서 먹어보아도 네가 한 것만 못하더라. 최고의 찬사였다. 나는 원래 국수를 즐겨 하지 않는다. 이유라면 젓가락질을 못해서 국수를 먹는 것이 좀 고역이기 때문이다. 젓가락질도 못하는 사람이 음식에 관한 글을 쓰고 있다니 끌끌 혀를 차겠지만.

그래도 소면으로 만든 비빔국수는 좋아한다. 고추장과 간장과 설탕과 참기름, 그리고 양념한 다진 고기와 잘 익은 김치(열무김치도 좋다.) 쫑쫑 썬 것과

김치 국물의 조화. 아, 국수 삶는 요령도 무척 중요하다.

넉넉히 팔팔 끓인 물에 국수를 가닥가닥 엉키지 않게 넣어 끓인다. 나는 주로 많이 해야 3~4인분이니까 잘 저으면서 끓는 것을 지켜본다. 국수가 끓는 것을 보면서 중간에 찬물을 한 번 더 넣고 다시 끓는 것을 지켜본다. 적은 양일 때는 그런 과정이 필요가 없지만. 나는 눈으로 다 되었다 해도 한 가닥 집어내어 적당히 삶아진 건가 찬물에 담가 먹어본다. 국수가락이 투명하고 야들야들해야 잘 익은 것이고, 그 상태가 넘으면 물러져버린다. 잘 되었다 하면 흐르는 찬물에 여러 번 씻어내야 탄력성이 생긴다. 비빔국수로 하든 장국국수로 하든 국수가 잘 삶아져야 하는 건 마찬가지다. 장국국수로 할 때는 국물을 끓이면서 국수가 담긴 그릇에 국물을 넣었다 다시 붓는 과정(토렴)을 서너 번 거치는 것이 국수가 식지 않게 하는 방법이다.

아차산 기슭의 이웃

5월의 끝자락에 비가 잦다. 신록이 번들번들 윤이 나다가 더 짙은 초록으로 간다. 이제는 연둣빛의 비율이 점점 줄어든다. 이 소리는 5월에 오는 익숙한 빗소리가 아니다. 남국의 아침에 오는 빗소리 같기도 하고 곧 그칠 듯하기도 하지만 만만치 않은 소리다. 그렇다고 악수같이 오는 건 아니다. 온대 기후에서 아열대 기후로 가는 전조일까? 어제 지구 온난화에 관한 영상을 보아서일까?

　마을의 산자락에 오래전부터 양봉을 하고 닭을 기르는 노부부가 있다. 나는 그 집에서 달걀을 사 먹고, 가끔 닭을 잡아달라기도 하고, 꿀도 받아 먹는다. 어쩌면 중요한 식재료를 가까이에서 조달받는다고나 할까? 게다가 봄에는 오가피 순을 꺾어다주기도 한다. 두릅과 비슷하기도 하지만 오가피는 부드럽고 그러면서도 참 향긋하다. 숲속에서 길어올린 향기. 산에서 자란 반들반들 윤이 나는 오가피 순 한 주먹을 살짝 데쳐서 된장에 찍어 먹으면 금세 생기가 돋곤 했다. 그러나 얼마 지난 후 또 먹고 싶어 물어보면 "이제 억세어져서 못 먹어." 한다. 오가피 이파리는 1년에 단 한 번, 한 줌으로 충분하다.

이제는 여든에 가깝지만 할머니는 늘 재바르고 바지런하다. 등이 좀 굽었을 뿐, 키보다 큰 지팡이에 의지해서 다니기도 한다. 어느 날엔가 달걀을 가져온 할머니는 우리 집 대문 안 마당으로 들어오더니 비에 젖어 새순이 예쁘게 올라온 나무수국을 장한 듯이 바라보며 저걸 따서 먹고 싶다고 한다. "아니 오가피라면 몰라도 저걸 어떻게 먹어요?" 하니까 하도 예쁘니까 먹고 싶다고 한다. 그 감탄하는 눈빛이 또랑또랑하다.

지난해 어느 날 태풍에 큰 둥치가 꺾어진 그 나무다. 태풍에 쓰러진 나무를 보고 마음이 쓰라렸는데, 꺾인 둥치에서 비를 맞으며 새순이 다투듯이 나온다. 그전과 같은 나무가 안 될지라도 나무는 새 모습을 띠고 있다. 오죽하면 먹고 싶다고 할까?

그러면서 산에 오가피가 지천인데 이 집 마당에 갖다가 심어줄게, 한다. 나는 얄밉게도 그냥 한 줌씩 얻어 먹을게요, 한다. 나무를 옮겨 심는다는 건 부담스럽다. 새로운 정성을 기울여야 하고 숲에서 가져온 나무가 마당에 잘 적응할지도 미지수다. 아무리 산에 지천으로 있을지라도 마음대로 나무를 캐서 가져올 수 있는지도 의문스럽다.

그리고 있는 나무들을 사랑하고 가꾸는 것도 힘에 겹다고 생각하는 것이다. 늘 충분하다고 생각하는 것이다. 나는 푸른 잎을 바라보며 먹고 싶다는 생각부터 하는 그 할머니의 기운과 에너지에 감탄을 한다.

한번은 그분이 레이스실로 정교하게 손뜨개질한 카디건을 입고 온 적이 있다. 오래되어 낡았지만 예뻤다. 나는 할머니를 아줌마라고 부른다. "아줌마, 그거 예쁘네요, 아줌마가 뜨셨어요?" 하니까 "옛날에 내가 떴지요." 하신다. "재주도 많으셔." 했더니 영감이 재주 많은 걸 못하게 해서 접었다는 것이다. "뜨개질집도 할 수 있었는데 못하고 이거 하나 남았어." 한다. 그 말이 나중에도 자꾸 맴돌았다. 영감님이 마나님이 이런저런 걸 뜨는 걸 싫어했다는 것이다. 그런데 아무튼 여든이 가까운 그 아줌마는 충분히 건강하고 얼굴이 때로 빛나기도 한다.

오늘은 지난해 태풍에 무너졌던 나무둥치 사이에서 나온 그 나뭇잎들이 예쁘게 반들거려 먹고 싶도록 만드는 비가 오고 있다.

닭을 잡아달라고 하면 영감님은 닭을 잡아 깨끗이 손질하여 우리 집까지 손수 갖다준다. 마나님을 시키지 않고 닭을 잡아 집까지 갖다주는 영감님은 자신감이 있어 보인다. 닭을 잡는 건 남자만의 일이라고 여기는 듯한 태도, 그걸 할 수 있는 영감님에게는 수렵시대의 권위가 남아 있다.

닭 한 마리를 일고여덟 조각으로 나누어달라고 하는데 두세 조각만 넣고 끓여도 마트에서 파는 토종닭과는 비교할 수 없는 진하고 맑은 수프가 끓여진다. 한소끔 끓인 물을 버리고 나서 다시 마늘과 대추를 넉넉히 넣기만 하면 된다.

모래주머니(흔히 '똥집'이라고 부른다.)가 있는 펄펄히 싱싱한 닭은 구하기 어렵다. 모래주머니('근위'라고도 부른다.)의 대칭으로 둘로 나뉜, 단단하고 붉은 육질을 보면 없던 기운도 솟을 듯하다. 닭의 위장에 해당하는 닭밤(나는 '똥집'도 '근위'도 마뜩잖아서 그냥 경상도 사투리로 부른다.)은 근사한 한 접시의 술안주가 된다.

노부부가 언제까지 아차산 기슭에서 닭을 잡아줄 수 있을지는 모르겠지만 지금 나에게 충분히 특별한 음식이 된다. 비가 그치고 어스름 저녁때가 되어가는데 노부부가 나들이를 가는 게 부엌 창문으로 내다보인다. 닭을 잡던 영감님은 백색 여름 재킷을 단정하게 입었고 마나님은 지팡이를 짚고 두세 걸음 뒤를 다소곳이 따른다. 아마도 저런 풍경은 앞으로는 보기 어려울 거야. 나는 그렇게 생각하며 멀어져 가는 노부부를 한참 바라본다.

대변항 그 횟집

작은아이가 여섯 살 때니까 30년도 더 지난 이야기다. 아이는 해운대성당 유치원에 다녔는데 본당 신부님이 곧 교장선생님이었다. 스승의 날이 되면 학부모(주로 엄마)들이 신부님께 감사의 뜻으로 돈을 거두어 드렸다. 5,000원씩 추렴을 한 것 같다. 지금은 그런 일이 없을 듯한데 그때는 참 자연스러운 일이었다.

그런데 엄마 대표한테 봉투를 받은 신부님은 그 자리에서 봉투를 열더니 돈을 꺼내어 세어보는 게 아닌가? 10만 원이네, 하며 천연덕스럽게 봉투를 수단 치마 주머니에 넣으셨다. 나는 너무 놀랐는데 다른 엄마들은 그런 일이 처음이 아닌 듯 깔깔깔 웃기만 했다. 나는 영세를 받은 지 얼마 되지 않아서 무조건 신부님을 거룩하게 존경했던 터라 사람들 앞에서 돈을 세는 모습은 의외였고 그래서 오히려 신선해 보였다.

그런데 며칠 후 신부님이 성당으로 엄마들을 모이라 하더니 아이들을 등원시키는 성당 차로 대변에 있는 횟집으로 데려갔다. 신부님이 사주신다고 했다. 다른 엄마들은 이 역시 당연하다고 생각하는 것 같았다. 큰애가 서울의 유치원에 다녔을 때는 돈을 거두는 일도, 회식을 하러 가는 일도 일어나지 않았기에 부산에 사는 색다른 분위기의 체험이었다.

해운대에서 대변 바닷가는 거리로는 그리 멀지 않다. 달맞이 고개를 지나 송정역 기찻길을 가로질러 바다를 끼며 타고 가는 길이 소박한 어촌이면서도 아름다웠다. 남쪽 바다와 동해 바다를 모두 볼 수 있는 해운대에서 기장에 이르는 길은 언제 가도 감탄사가 흘러나온다. 해운대에서 지내는 동안 항상 그 바다를 안고 살아가는 기분으로 넉넉하고 뿌듯했다. 살아본 사람이 아니면 느낄 수 없기에 더더욱.

그 횟집은 대변항의 횟집 중 가장 끄트머리에 있었는데 신부님의 단골집이라고 했다. 붕장어와 멸치가 주 메뉴였는데, 신부님께는 특별히 볼락회가 나왔고 주방장이 볼락 타다키도 해주었다. "이 집에서나 볼락 타다키를 먹을 수 있지." 하면서 맛나게 드셨다. 스승의 날 받은 봉투의 몇 곱절이 되는 음식값을 내시면서도 즐거워했다. 신부님이라기보다 마음씨 좋은 할아버지한테 아이를 맡기고 우리는 그냥 사랑받는 며느리들처럼 행동했던 것 같다.

　나에게는 엄마들과의 그런 회식도 처음이었고, 볼락이라는 생선도 타다키라는 조리법도 처음 들어보았다. 익히지 않은 생선을 뼈째 다져서 양념한 것. 요즘은 가끔 횟집에서 특별한 서비스로 나오는 것을 본 적이 있지만. 뼈가 붙은 생선을 칼로 다지는 것은 공이 많이 들어간다. 생선 살이 으스러지지 않게 다져야 하니. 그런 것도 다 나중에 안 일이지만.

　아무튼 그때부터 우리 가족은 대변항 그 횟집의 단골이 되었다. 우리처럼 30년 이상 같은 음식점의 단골이 되기는 어렵겠지. 옛집은 유리분합문이 있었는데 그사이 헌집을 헐고 증축을 했고 그 동네는 하루가 다르게 개발되고 길이 사통팔달로 나긴 했지만 그 집의 느낌이 변하지 않은 게 신기하다. 물론 바다도 그대로이다.

　주인영감님은 돌아가시고 아들이 물려받은 지가 오래되었지만 원래 그 주인장의 글씨가 가장 큰 방에 걸려 있다. 지금도 그곳에 갈 때마다 할아버지 같았던 신부님을 떠올리게 된다. 그 글씨를 바라다

보는 것만으로도 안심이 되고 마음이 가라앉는다.

그동안 얼마나 많은 붕장어를 잡았을까? 선비 같았던 아버지의 횟집을 물려받은 아들사장 부부도 점잖고 좋은 분들이다. 이제는 가족과 같은 친밀감으로 대해주니 부산에 가면 으레 들르게 된다. 물기를 뺀 포실포실한 장어회는 그 집 특유의 된장과 잘 어울리고 콩가루를 넣은 야채와 같이 먹으면 맛이 담박하고도 좋다.

회를 먹고 나서 나오는 붕장어로 끓인 매운탕은 내가 특히 좋아하는 메뉴다. 장어 대가리와 장어 껍질로 끓인 매운탕은 어디에서도 맛볼 수 없는 만족감을 준다. 갈 때마다 계절에 따른 정갈한 야채와 밑반찬 상차림에 한 번도 실망한 적이 없다.

대변항의 그 횟집은 멸치회와 멸치찌개의 본고장에서 즐기는 백년가게 맛집으로도 소개되어 이제는 나만의 오롯한 비밀장소가 되지는 못하지만 여전히 오랜 단골 손님으로 친숙하다. 매년 4월이면 떠들썩하게 멸치축제가 열리고 멸치회와 멸치찌개를 먹을 수 있다.

예전에는 멸치철이 되어 대변항의 멸치배가 들어오면 그물에 걸린 멸치를 터는 걸 볼 수 있었다. 어부들은 소리에 맞추어 그물을 털었지. 퍼덕거리며 반짝반짝 빛나는 멸치 비늘을 쳐다보면 삶이 생생하게 빛날 것처럼 힘이 솟곤 했지. 어부들의 구성진 소리가 얼마나 듣기 좋았는지. 헤에 야차 에야차 어서나 털고 가자. 후렴구밖에 생각나지 않지만.

얼마 전부터는 그 집에서 만든 멸치액젓을 사가져와 1년 내내 젓국으로 쓰고 있다. 대변항의 멸치로 담근 오래된 솜씨는 늘 맑고도 깊은 맛이 있다. 그 집 젓국물로 김치를 담그거나 나물을 무치면 틀림없이 대변항 바다의 맛이 난다.

경주의 황혼

장마철, 경주에 사는 후배의 초대를 받아 경주 근처를 며칠 돌아다니다가 집에 들어서는데 상사화가 불쑥 자라 꽃이 피어 있다. 무슨 힘일까? 연일 폭우 속에 올라온 연한 분홍빛의 꽃이 처연하다. 꽃의 이름 때문일까? 잎과 꽃이 만나지 못하고 그리워한다는 의미 때문일까? 그냥 꽃의 속성일 뿐인데도 이름은 의미가 되고 그 의미로 꽃을 바라보게 한다. 혹시 긴 장마에 집을 비운 주인을 그리워하다 꽃이 피었나?

　　살짝살짝 비를 피하면서 다닌 경주 불국사 올라가는 길에 해바라기밭과 황혼이 입을 딱 벌어지게 했었지. 불과 30분도 안 되는 사이에 하늘이 불타는 듯하더니 연못과 해바라기밭에 고인 물에도 똑같이 비쳐 붉게 어룽거렸지. 집에 돌아와 보는 상사화도 경주 하동못의 황혼도 다 꿈속 같구나.

　　경주에서 먹었던 음식도 꿈속 같을 것 같아 자꾸만 입맛을 되살린다. 후배 부부는 나를 한 육횟집에 데려갔다. 육회는 평소 좋아하는 음식도 아니고 뜨악했던 것이었는데 그날은 왜 그리 입에 착착 붙듯이 유독 맛이 좋았을까. 유명한 음식집이라고 하면 오히려 실망을 하게 될까 봐 꺼리는 편이었는데 이번에는 정말 특별했다. 차가운 음식을 그다지 좋아하지 않는데도 그 붉은 생고기의 신선함과 양념 맛에 감탄하고 계속 탐닉했다. 단순히 달콤한 것만도 아니었다. 차가우면서도 붉은 기운이 오히려 몸을 따뜻하게 해준다고 할까? 이런 것을 미식이라고 하나?

육회를 먹고 난 후 나온 놋그릇에 담긴 곰탕 한 그릇이 찬 음식에 들뜬 속을 가라앉혀주었다. 참으로 음식의 폭과 결이 다양하구나. 내가 먹어보고 맛보고 해 먹었던 음식은 극히 일부에 지나지 않는구나. 경주는 숱하게 많이 왔던 곳이고 올 때마다 고도의 안온함과 웅숭깊은 편안함에 푹 싸이게 해주었던 곳이지만 이번에는 음식으로 새로운 감탄을 하게 만든다.

그 이튿날에는 포항에 있는 물횟집으로 데려갔는데 그 집에서도 감동을 했다. 음식은 실제로 먹어보아야 해. 선입견을 가지면 안 된다구. 혼자 중얼거린다. 회를 얼음물에다 담가 먹는 것 자체를 유난스럽다고 싫어하지 않았던가.

그런데 그 초고추장 양념이 예사스럽지가 않다. 혹시 된장을 넣은 것이 아닐까 생각하며 천천히 혀 끝으로 맛을 음미한다. 고추장 맛을 가라앉히는 깊은 맛이 있어 질리지 않고 자꾸 먹게 된다. 옹자배기에 담긴 넉넉한 물회를 각자 덜어 먹는데 해삼과 멍게도 들어가 오독오독 씹히는 맛이 기가 막혔다. 무엇보다 함께 나오는 신선한 서더리 매운탕이 찬 음식을 먹은 배를 따뜻하게 해주고 마무리를 잘 해주었다.

후배는 우리가 경주를 떠날 때 텃밭에서 농사를 지은 거라며 한 보따리를 차에다 실어준다. 가지, 노각, 고추와 박.

모두 아침에 밭에 나가 딴 것이라고 한다. 집에 와서 보따리를 풀어보니 바깥에서 맛있는 음식만 먹고 이제 현실로 돌아온 것 같다. 연둣빛의 적당한 크기의 박이 예쁘다. 그런데 어찌 해 먹어야 하는지 막막하다. 박을 조리해본 적이 없는데 시댁에서 나물을 하던 기억을 되살리며 박을 열어본다. 박속은 어찌 이리 깔끔하게 예쁠까? 젊은 여인의 예쁜 입속을 박속 같다고, 또 하얀 피부를 박속 같다고 한 까닭을 알겠다. 햐얀색과 연두색이 도는 스펀지 같은 박속을 자꾸만 들여다본다.

사실 박이라고 하면 누런 바가지부터 떠올리게 되고, 동시에 어머니의 소설 「해산바가지」가 자동적으로 연상된다. 그리고 해산바가지에 쓸 정갈한 박을 구하러 다녔던 할머니.

그리 큰 박은 아니지만 연둣빛 작은 박을 캐서 껍질을 깎아내고 박나물을 만든다. 엷은 연둣빛이 밴 모든 생명의 시초와도 같은 하얀 살을 잘라 나물을 만든다. 물을 자박하게 넣어 끓여서 투명하게 되면 마늘과 쪽파를 썰어 넣고 간장으로 엷게 간을 한다. 무나물과 비슷하지만 식감이 다르다. 특별한 맛이 없는 것이 맛인 박나물을 먹는다. 긴 장마에 뭔가 지치고 짜증이 나는데 박나물은 신경안정제와 같이 마음을 가라앉힌다.

작은 박이지만 반을 쪼개고 또 반을 쪼개서 네 번을 알뜰히 해 먹었다. 바가지를 만들기 위해서는 더 크게 익어야 하고 껍질이 칼이 들어가지 않을 정도가 되어 톱질을 해야 하는 지경에 이르는데, 그때는 안의 살은 먹지 못한다고 한다. 그리고 바가지를 만들려면 속을 파낸 후 쪄내야 한다고 한다.

내가 첫애를 뱄을 때 시어머님은 해산달을 짚어 보고 섣달이구나, 좋을 때다, 곧 해가 길어지면서 기저귀가 잘 마를 테니, 하시더니 그해 가을 일부러 사람을 시켜 시골에 가서 해산바가지를 구해오게 했다.

"잘생기고, 여물게 굳고, 정한 데서 자란 햇바가지여야 하네. 첫 손자 첫 국밥 지을 미역 빨고 쌀 씻을 소중한 바가지니까."

이러면서 후한 값까지 미리 쳐주는 것이었다. 그럴 때의 그분은 너무 경건해 보여 나도 덩달아서 아기를 가졌다는 데 대한 경건한 기쁨을 느꼈었다.

그리고 노각. 늙은 오이는 겉은 늙은이의 피부마냥 거칠거칠하여 갖은 고난을 겪은 듯해 보이지만 속은 참으로 연하고 부드럽고 물기가 많다. 양동마을 한옥에 살면서 어찌 노각을 기를 생각을 했을까? 속에 씨만 발라내고 나서 잘라 초고추장에 무치면

더없이 훌륭한 여름 반찬이 된다. 그냥 오이와는 다른 맛이 날 뿐만 아니라 노각이라는 이름이 멋지지 않은가? 무슨 도사나 문장가의 이름 같다.

겉은 딱딱하고 사막처럼 거칠지만 마음속은 맑고 유연하다고 말하는 것 같다. 미끈거리는 노각나물에 밥을 비벼 먹는다. 우리 외할머니처럼.

며칠 지나지 않았지만 꿈속같이 느껴지는 경주의 황혼과 입안에 감도는 미식들을 떠올리며 긴 장마의 끄트머리를 견디어낸다.

남은 음식에 대하여

완벽했다. 초대받은 식당 '한식공간'은 여러모로 완벽했다. 미슐랭에서 별도 받았다고 한다. 그 과정에 대해서는 잘 모르지만 한식으로 그리 크지 않은 음식점이 평점을 받았다는 것만으로도 대단하다. 새로 지은 첨단 유리건축물이지만 창덕궁이 가득 바라다보이는 전망이었다.

나는 아직도 창덕궁을 비원(秘苑)이라는 이름으로 기억하고 있다. 일본 사람들이 궁을 비하하여 부른 이름인 것은 알지만 이름 자체만 보면 별칭으로 그리 나쁘지는 않다고 생각한다. 비밀스러운 이름은 더 큰 것을 숨기고 있을 수도 있기에.

음식점 공간은 좁지만 전망은 동서로 깊고 남으로 넓었다. 그 곁의 '공간사랑'의 모습은 그대로이다. (지금은 이름이 바뀌었고 소유주도 바뀌었지만.) 담쟁이덩굴과 붉은 벽돌의 건물은 지어질 당시에는 그리 앞서 있고 모던해 보였는데 지금은 고색창연하기만 하다.

나오는 음식은 한결같이 깔끔하고 예쁘고 입에 착착 붙도록 간이 맞으면서도 신기하였으며 놓임새가 세련되었다. 그릇과 음식 맛의 조합이 더할 수 없이 완벽했다. 음식이 나올 때마다 직원이 정중하게 서빙을 하며 작은 목소리로 음식에 대해서 설명해주었다. 우리는 모두 감탄하면서 음식을 즐겼다.

나는 나이가 들면서 저녁에는 아무리 맛있는 음식이라도 많이 먹을 수 없어서 갈비구이가 나올 즈음이 되자 이제는 집에 싸 가지고 가고 싶었다. 다 먹었다간 불편한 속을 감당할 수 없을 것 같았다.

직원에게 갈비구이를 포장해줄 수 있냐고 했더니 안 된다고 단호하게 거절한다. 집에 가서 나중에 먹으려 한다고 말해도 식당의 규정상 먹던 음식이 외부로 나갈 수 없다고 답한다. 남긴 음식에 대한 미안함으로 마음이 내내 불편했다. 팍팍 먹어대는 나이가 지난 것이다.

철저한 식당 관리도 중요하겠지 생각하면서도 귀한 음식을 남겨 버리게 되는 것은 큰 죄악이나 되듯이 가슴이 찌릿찌릿하다. 내가 아는 어떤 분은 아예 비닐봉지를 갖고 다니는데, 요즘은 호텔이나 음식점에서도 테이크아웃은 일반화되어 있긴 하다. 집에 가져가면 긴요한 한 끼가 된다. 그러나 이 음식점은 너무 좁아 눈치가 보여 행여 비닐봉지가 있더라도 싸 갈 수는 없는 형편이고… 우아한 자리에 초대해준 사람을 위해 조용히 넘어간다.

남긴 음식에 관한 문제는 음식점의 갈비구이가 아니라도 매일 집에서 일어나는 일이다. 어떤 때는 과감하게 버리기도 하지만 식구가 집에 없을 땐 혼자서 남긴 음식을 꺼내 먹는 것이 버릇이다. 그게 그리 구차하게 느껴지는 건 아니다. 오히려 잘 데우고 약간의 조리를 가하여 번듯한 식사가 되기도 한다. 그럴 때는 마음이 개운하다고 해야 하나. 음식을 버릴 때보다 남긴 음식을 거두어 먹을 때 떳떳하고 알뜰함에 스스로의 만족감이 분명히 있다.

자식들이 멀쩡한 가구나 가전제품을 바꾸는 걸 예사롭게 보아 넘기지 못하고, 먹다 남은 음식을 그 자리에서 쓰레기통에다 버리는 걸 보면 천벌이 내릴 것 같아 기어코 한마디하고 만다. 그래서 아들 며느리한테 구박을 받고 손자들은 아예 상대도 안 하려든다.

『나를 닮은 목소리로』에 수록된 어머니의 오래된 글인데 지금도 읽으면 웃음이 나온다. 마치 내 모습을 보는 것 같아서? 남긴 음식을 어떻게 처리하는가만 보아도 세대를 알 수 있을지도 모른다는 생각이 든다. 그런데 어머니가 이 글을 쓸 당시보다 지금의 내 나이는 더 들어버렸으니….

친한 친구 하나가 결혼한 딸 이야기를 하며 딸애는 시어머니가 식구들이 남긴 음식을 냉장고에 다시 넣었다가 먹는 것을 참을 수 없어 한다는 말을 전한 적이 있다. "어, 나도 그러는데…." 하려다가 친구는 하소연 삼아 하는 이야기인데 초치는 것 같아 가만히 있었다.

그래, 우리 아이들도 싫어하지. 아이들이 기한 지난 유제품을 싹싹 모아 버리는 걸 보면 불편하다. 아이들은 엄마가 끄떡없다며 먹는 걸 보면 질색을 하지만.

남긴 음식을 쏠어 버리는 걸 보면 알맞게 적게 해서 그때그때 먹어야지 다짐을 하지만 매일 집에서 음식을 하는 사람으로서 양을 칼같이 맞추기란 쉽지 않다. 우리는 할머니들이 쉰밥도 씻어 먹거나 하다 못해 주머니에 넣어 옷에 풀을 먹이기라도 하는 걸 보고 성장한 세대라서 멀쩡한 음식을 버리는 것은 늘 죄스럽다. 대중음식점에서 상을 치우면서 음식찌꺼기를 한꺼번에 몰아 가져가는 것도 보기가 힘들 지경이니까.

어찌 대구 맛을 알겠는가

음력 설날이 휴일이 아닌 때가 있었다. 서울에서 부산까지 시댁에 명절을 쇠러 내려갈 때는 하루만에 왕복을 해야 하는 경우도 있었다. 짧은 명절 동안 고속버스나 열차를 타고 어린아이들을 데리고 움직여야 하는 절박함과 긴장감이 있었다.

　그때는 젊었으니까 힘들다는 생각도 하지 않았다. 분명 힘이 들었겠지만 그 귀향을 피할 생각은 한 번도 하지 않았다. 시댁 마을에 들어서면 겨울에도 미나리꽝의 미나리가 푸릇푸릇했다. 마을 어귀에서 차가 들어갈 수 없는 골목으로 걸어 들어가면 알 수 없는 평온함이 느껴졌다. 대숲으로 둘러싸인 옛집에 이르면 먼 데서 오느라고 욕보았다고 무조건 반겨주는 가족들의 푸근함이 있었다. 처음에는 욕보았다는 것의 의미를 알지 못해 왜 그런 말을 쓰시지 갸우뚱할 때도 있었지만. 방 안은 우리를 위해 이미 군불을 때서 아랫목 장판이 까맣게 탈 정도였다.

　엉덩이를 델 것 같은 방 안에서 가족들이 모여 앉아 처마 밑에 정갈하게 꾸덕꾸덕 말린 대구를 결대로 잘라 먹는 것이 큰 재미였다. 친정에서는 먹어보지 않았던 음식이라 처음에는 그 맛을 몰랐다. 겨우내 얼었다 녹았다 하며 말린 대구의 덜 마른 듯한 하얀 살을 초고추장에 찍어 먹는 것이 뜨악했었다. 서울댁에게는 잘 마른 뱃잔등이살을 주라며 막내며느리인 내게 특별히 건네주시곤 했다. 뱃살은 나무 꼬치로 벌려 잘 마르게 해놓았기 때문이다.

그렇게 가족들이 둘러앉아 말린 대구를 해체해서 먹으며 한 해를 보내고 새해를 맞곤 했다. 한켠에서는 고스톱을 치면서 흥겨운 말들이 오갔다. 서울댁은 공부는 잘했어도 고스톱은 못 친다고 즐거운 농담을 해주셨고, 뜨끈한 아랫목에서 까무룩 잠이 들어도 아무도 무어라 하지 않았다.

꾸덕꾸덕 말린 대구는 쪄서 설날 차례상에 오르는 순위가 제일 높은 생선이었다. 그리고 대구알젓과 아가미젓을 맛보여주시곤 했다. 부뚜막에서 잘 익힌 대구알젓은 명란젓과는 천양지차, 보리밥과 쌀밥의 차이라며 대구알젓을 맛보여주었다. 그러나 그때는 그 맛을 몰랐다. 보리밥과 쌀밥의 깊은 차이를 모르듯이. 쌀밥만 주로 먹고 자란 서울 사람이 보리밥의 의미를 어찌 알 수 있겠는가.

지금은 도시계획으로 마을이 정리되어 이미 시골 옛집은 창원 도심의 공원으로 조성되었지만 미나리꽝을 지나 마을에 들어서는 조붓한 길과 대숲으로 둘러싸인 옛집을 잊지 못한다. 멀리서 온 며느리에게 가장 맛있는 걸 맛보여주었던 어른들의 사랑을 기억해서일까? 친정에서와는 다른 편안함이 느껴졌던 집. 봄에는 복숭아꽃 살구꽃이 지천이었고 우물가에선 여인들의 목소리가 흥겨웠던 집.

매년 겨울이면 찾아오는 하나의 행사가 있다. 경남 창원시 가덕도에서 보내오는 생대구를 먹는 일이다. 남편의 고향 친구는 서울 여자한테 장가간 친구를 위해 대구철이 되면 원산지에서 갓 잡은 생대구를 보내온다. 서울 여자가 어찌 대구 맛을 알겠는가 생각하는 것이다. 그건 맞는 말이기도 하고, 틀린 말이기도 하다. 나이가 들어 알게 되어 익숙해진 맛과 어릴 적부터 입에 밴 맛에는 분명 차이가 있다고 생각한다.

고향 친구들은 가덕도 인근에서 잡히는 대구만이 진짜 제맛 나는 대구라고 한다. 대구의 자존심이라고 할까? 최고라는 자신감이다. 몇 년 전에는 직접 진해 용원의 어시장에 가본 적이 있는데 그 활기는 자갈치시장이나 사천의 어시장과는 느낌이 달랐다. 수입산이나 냉동 생선이 아닌 근처 바다에서 잡아 올린 제철 해물이 최고라는 자부심이 특별한 활기를 가져다주고 있었다.

대구는 암수 두 마리를 토막토막 잘라서 얼음에 채워 탕을 끓이기 좋게 온다. 스티로폼 상자를 혼자 들 수 없을 정도로 묵직하다. 수놈에서 나온 곤이는 따로 포장이 되어 있어 한 번에 해 먹을 정도로 나누어 싸놓고 우선 생생한 곤이로 지리를 끓일 준비를 한다. 대구 한 마리에서 나온 곤이는 서너 번 먹을 수 있을 정도로 큼직하다. 대구탕에 같이 넣으면 더욱 별미다.

대구의 곤이탕만큼 맛있는 것이 있을까? 너무 탐해서는 안 될 것 같다. 영양분이 극도로 농축되어 있을 것 같다. 깊은 바다를 쏘다녔던 대구의 싱싱한 내장을 먹는 것을 나는 절제한다. 그 맛을 조금 아는 것만으로 충분하다. 미끈거리지만 배틀하고 부드러운 맛.

그리고 암놈 대구에서 나온 알은 어른 손바닥보다 크고 두툼하며 두 쪽으로 되어 있다. 대구 알은 명태 알과는 달리 알주머니가 검은색이고 질기다. 그래서 권위가 있어 보인다. 굵은 소금을 팍팍 뿌려서 젓을 담가놓는 것은 내 몫이다.

대구는 머리 끝에서 꼬리까지 버릴 게 없다고들 한다. 아가미 언저리의 뼈와 질긴 살도 알젓과 함께 젓을 담가놓는다. 아마도 음력 설쯤이 되면 잘 익을 것이다. 대구 알 한쪽은 우리 식구를 위해, 다른 한쪽은 한 해 동안 가족을 위해서 가장 애를 쓴 고마운 분께 선물한다. 내 마음속 감사함의 표시로 가장 귀한 음식을 마련해 드리는 것이다.

한 달쯤 실온에 두어 잘 익은 알젓은 조금씩 떠서 고춧가루와 참기름만 넣어 먹어도 훌륭하다. 겨울에 떡국이나 만둣국에 곁들이는 반찬으로도 깔끔하다. 그리고 내가 좋아하는 것은 알젓을 거의 다 먹어갈 때쯤 쿰쿰한 냄새가 나면 그걸 넣고 깍두기를 담그는 일이다. 이때 보통 깍두기보다 무를 잘게 썬다. 김장김치도 싫증이 난 초봄에 멋진 반찬이 된다. 알뜰하게 싹싹 먹었다는 만족감이 있다. 대구 아가미젓도 그런 식으로 잘게 썬 무로 깍두기를 담그면 참 좋다.

언젠가 유명하다는 강남의 파스타집에서 대구 알젓을 넣은 파스타가 나오는 것을 맛본 적이 있다. 종업원이 거제에서 특별히 가져온 대구 알젓이라는 설명을 했다. 나는 속으로 대구 알젓은 나도 좀 담글 줄 아는데 하며 지긋이 그 맛을 보았다. 파스타에 들어간 치즈 맛과도 잘 어울렸다.

생대구를 한 번 끓여 먹을 정도로 나누어 담아 냉동실에 넣어놓으면 부자가 된 듯이 뿌듯하다. 겨울 내내 대구탕을 끓여 먹을 때마다 흡족하다. 무를 빗금을 치듯 삐져 넣는 것이 경상도식이다. 무를 너무 나박나박 써는 것은 물기가 덜 우러난다고 한다. 무를 미리 넣고 끓인 물에 대구 몇 토막을 넣고 끓이다가 나중에 파와 미나리만 더해서 한소끔 더 끓이면 충분하다. 약간의 소금간으로도 시원한 탕이 된다.

최근에는 용원의 해물가게에서 대구와 같이 보내온 맑은 생대구탕 끓이는 법 스티커를 냉장고에 붙여놓았다. 주의사항은 "너무 오래 끓이거나 휘저으면 대구 살이 풀어질 수 있습니다."였다. 친절하기도 하시지. 바야흐로 전국 택배시대인 것이다. 예, 주의하겠습니다.

어느 날은 다 먹고 난 대구의 꼬리뼈가 하도 완벽하게 선명하고 아름답길래 버리지 못했다. 부채처럼 호를 그리면서 꼬리의 마지막을 장식하는 디자인에 경탄하며 그걸 앞에 두고 연필과 종이를 가져와 그림을 그려본 적도 있다.

음식을 하면서 세월이 간다. 음식을 기억하며, 음식을 만들며, 그 음식을 먹으며, 생명을 이어간다.

느티떡에서 칼바도스까지

하루는 어머니가 요리 연구가 장선용 선생과 함께 장익 주교님을 만나러 춘천에 간 적이 있었는데, 주교관 앞에 있는 느티나무가 하도 잘생겨서 모두 다 올려다보며 한마디씩 감탄을 하였다고 한다. 장 선생은 "어머나, 느티떡을 하면 정말 좋을 나무네." 라고 했고 그 말을 들은 어머니는 "느티를 보고 떡 생각하는 사람은 생전 처음 보았네." 하며 깔깔깔 유쾌한 시간을 보내셨다고 한다.

그때 오고 가는 차 안에서 장 선생이 이야기를 하도 맛깔지게 하여 어머니는 "그 이야기 제 소설에 써도 되나요?" 물으셨다고 한다. 장 선생은 소설가가 주변 이야기를 듣고 소설의 소재로 써도 좋으냐고 미리 승낙 받는 일은 처음 보았다며 흔쾌히 말했다고 한다. "물론이죠. 영광입니다."

그 후로도 장 선생과 어머니의 일화는 같이 간 분들과의 추억거리가 되곤 했는데, 얼마 지나지 않아 어머니는 담낭암 수술을 하게 되고 그 이듬해 돌아가셨다. 『며느리에게 주는 요리책』 등 베스트셀러 요리책을 낸 장 선생은 존경하는 작가를 초대하여 멋진 한 상을 대접하는 게 소원이었는데, 그것을 이

루지 못한 것을 안타까운 한으로 생각했단다. 마음먹었을 때 바로 실행하지 못했다며 두고두고 아쉬워했단다.

이태 전 내가 샌프란시스코 근교 산호세 성당에서 강연을 하게 된 소식을 『미주신문』을 통해 안 장선용 선생이 나에게 전화를 주셨다. 샌프란시스코에 살고 계시며 바로 그 산호세 성당에 다니고 있다고 했다. 어머니를 만났던 것은 잠깐 한국에 다니러 오셨을 때였다는 것도 그때 알았다.

나를 강연에 초대한 최정 선배는 화가이며 수필가인데, 어머니의 특별하고도 오랜 팬이었다. 그 이유만으로 편안하게 그 집에서 머무르게 되었다. 며칠 머무는 동안 장 선생은 나와 최 선배 부부를 저녁 식사에 초청해주었다. 샌프란시스코 근교 프리몬트에 있는 저택이었다. 200여 그루의 장미 언덕을 이룬 뒤란에는 박태기나무가 꽃망울을 터트리기 시작한 이른 봄날이었다.

아무리 요리 연구가로 책을 여러 권 낸 분이지만(아니, 그래서 더욱 더.) 여든이 가까운 나이에 혼자서 차린 만찬을 받는 나는 이 과분한 자리를 어쩔 줄 몰라 했던 것 같다. 가운데 숯을 넣어 보글보글 끓는 신선로가 나오는 순간, 나는 더욱 황송해진다. 그러나 맛있게 즐기는 것이 음식을 차린 분의 마음을 읽는 거라 생각하며 정신을 차린다. 다 비우기도 전에 혹시 음식이 식을세라 숯을 갈아주신다.

어머니도 아주 오래전에 신선로를 사용해 요리를 하시곤 했다. 부엌의 가장 높은 곳에 올려놓은 고색창연한 신선로. 불현듯 신선로의 한자가 무엇일까 궁금하다. 그걸 채 생각해내기도 전에 이번에는 그림처럼 아름다운 구절판을 내 오신다. 켜켜이 잣가루를 뿌린 종이처럼 얄팍한 밀전병과 너무 가느다랗게 썰어놓아 도무지 무엇인지 알 수 없는 색색가지 구절판은 보는 것만으로도 배가 불러왔다.

갈비구이, 게살전, 이북 사람들이 좋아한다는 돼지갈비찜, 전복찜에다가 대보름 묵은 나물류, 유자식혜에 두텁떡까지 그 음식들이 나올 때마다 믿어지지 않을 정도로 재바른 장 선생의 몸짓과 음식의 깊고도 신선한 맛은 그저 머리가 숙여질 뿐이었다.

감탄사를 연발하기도 어려웠다.

거기다가 어릴 적 입던 옷 그대로 맨몸으로 월남했다는 장 선생의 남편 이영일 사장의 이야기는 어찌나 재미나는지 좋은 음식에다가 이야기에 귀와 입이 총동원되어도 모자랄 지경이었다. 어머니가 쉰셋에 낳았다고 '오삼'이라는 별명을 가졌다는 이야기는 구성진 레전드를 듣는 것 같았다. 비슷한 때에 큰누님이 첫아이를 낳았고, 그 누이의 젖을 먹고 컸다는 오삼이 이야기는 프리몬트의 저택에서 듣는 신화와도 같았다.

오삼이 사장이 일어나 마지막으로 내놓은 후식은 칼바도스를 뿌린 망고셔벗이었다. 우리는 일동 "아, 칼바도스!" 하며 소리를 질렀다. 그 개선문의 술을 드디어 맛보는 순간이었고 기가 막히게 특별한 맛이었다. 레마르크의 『개선문』에 나오는 칼바도스라는 술 이름이 어찌 그리 뇌리에 꽂히었을까?

의사였다는 것 말고는 주인공 이름도 가물가물하고 스토리도 잊었지만 왜 그 칼바도스는 잊히지 않는 걸까? 망고셔벗에 뿌린 칼바도스 냄새가 향수처럼 몸에 밴다. 만찬의 마침표와 같은 순간이었다.

어머니 덕분에, 느티떡 덕분에, 그 딸이 융숭한 대접을 받았다. 더욱 감탄을 했던 것은 음식을 바리바리 구메구메 싸주신 것이다. 두텁떡에 구절판에 갈비에 게살전…. 내가 최 선배 집에서 지내는 며칠 동안 먹을 수 있을 만큼 넉넉한 양이었다. 차려주신 음식의 종류와 양이 너무 많아 그 자리에서 다 먹어 내지 못한 것이 죄송하고 안타까웠는데….

어찌 그리 작은 몸에서 어쩌면 그렇게 넉넉한 마음이 나오는 것일까? 마음을 다해 음식을 차려 대접하는 사람에 대한 존경심이 저절로 우러났다. 그 매운 손끝과 날렵한 발걸음에서 나오는 기운과 열정은 무한대인 것 같았다.

더욱 놀라웠던 것은 그 이튿날 산호세 성당 도서실에서 했던 작은 강연에 나온 장 선생의 눈빛이었다. 가장 앞자리에 앉아 존경하는 작가에 대한 이야기에 귀를 기울이는 그분의 눈빛은 참한 초등학교 학생이 무조건 열심히 배우려고 하는 순수하고도 초롱초롱한 눈빛이었다. 비가 부슬부슬 오는 저녁이었는데 금방 세수를 한 맑은 얼굴빛으로 와서 자리를

잡고 앉은 요리 연구가. 나는 경외하는 마음이 들고
말았다.

— 장 선생님, 느티떡은 어떻게 만들어요?

가끔 안부도 전할 겸 메시지를 보낸다. 사실 집
에서 느티떡 만들 생각까지는 못하지만 호기심으로.
금세 책에 나와 있는 레시피를 찍어서 보내주신다.
사월초파일 계절 음식이라는 설명과 함께.

기억으로 기억하는

부산에 살 적 지냈던 아파트에서는 대마도가 보였다. 가까이는 장산 자락과 마을이, 멀리는 해운대 수영만 앞바다, 더 멀리 수평선 끝으로 대마도가 보였다. 늘 보이는 것은 아니지만 날씨가 좀 흐린 날에 멀리 이국의 섬이 보였다.

어머니의 슬픈 일기가 나오기 전에는 그저 수평선에 섬이 보이는 전망이었지만 『한 말씀만 하소서』가 출간된 후 엄마의 바라보는 눈길이 합해져서는 마냥 슬프게만 보였다. 길게 누운 섬, 맑은 날보다 비 오기 전날이나 흐린 날에 떠오르는 섬.

아이들이 불러서 베란다로 나가 보니 저녁때인데도 대마도가 뚜렷이 보인다. 어제 쾌청한 날에도 안 보이던 대마도가 거짓말처럼 선명하게 나타나 보인다. 우리 눈에 안 보일 때도 대마도는 거기 있었을 게 아닌가. 그렇다면 보인다고 다 있는 건 아닐지도 모른다. 내가 감각할 수 있는 모든 것이 실제로 존재하는 게 아니라 환상일 것도 같다. 어쩔거나, 이 인생의 덧없음을.

어머니가 우리 집에 여러 날 묵게 되신 것은 동생이 떠나고 난 후였다. 그런 일이 없었다면 딸네 집에서 긴 시간 묵을 어머니가 아니었지만. 그래도 나는 어머니가 우리 집에 같이 있다는 것만으로도 안심이 되던 그런 시간이었다.

바라만 보다가 그 대마도에 직접 가본 것은 훨씬 후였다. 부산에 살면서 배를 타고 일본에 간단히 드나들 수 있다는 건 참으로 특별한 체험이었다. 비행기를 타고 갈 때와는 전혀 다른 느낌을 받는다. 1990년대 부산에 살면서 시내에 있는 연안 국제부두를 통해 비틀대는 배를 타고 후쿠오카나 대마도를 가는 아주 간단한 여행을 즐겼다. 짧은 시간이라도 배에서 멀미를 하는 사람이 있지만 배의 흔들림에 자연스레 몸을 맡기면 멀미를 하지 않았다.

부산항을 출발하여 물결을 가르고 나아가는 순항의 느낌이 참 멋지다. 지루할 정도로 길지 않은 시간이라는 것도 재밌지 않은가? 대마도 이즈하라항에 도착하면 아주 작은 항구가 나온다. 입국 수속이 없다면 외국이라고 느끼지 못할 정도로 이국적이지 않은 익숙한 풍경이다. 섬이지만 산이 많아 깊은 산속의 좁은 길은 무슨 소국에 온 듯한 기분이 된다. 길에 채소나 과일을 무인으로 내놓고 파는 것을 처음 본 것도 대마도에서이다. 마치 오래전 우리나라에 온 것 같은 착각에 빠지기도 한다. 조선통신사가 지나갔던 길의 역사는 아직도 존재하니까.

그곳에서 맛본 음식 중 아직도 잊히지 않는 게 작은 이자카야에서 먹은 족발이다. 벌써 20여 년 전 이야기인데 고독한 미식가가 찾아갈 만한 작은 가게였다. 대마도에서 묵은 작은 호텔 근처에는 바다로 흐르는 작은 하천이 있었고, 그 물에는 굵은 물고기들이 뛰어다녀 참 싱싱해 보였다. 그 당시는 맛집 검색을 하고 찾아다니는 시대가 아니어서 그냥 천변을 산책하다가 우연히 들어간 터였다.

꼬치구이도 있었지만 족발을 시켰는데 아주 깨끗이 삶은 족발(단족)을 잘 발라내어 살짝 불에다 구운 음식이었다. 양배추와 양파를 넣은 초간장(일본 사람들은 그 소스를 폰즈 소스라고 하던가?)에 찍어 먹는데 진한 색의 우리 식 족발과는 양념 맛이 달랐다.

나는 "바로 이 맛이야." 하는 광고 흉내를 내면서 맛을 음미했었다. 들어보니, 족발은 일본 사람들이 좋아하는 장수식품이라고 한다. 족발 삶은 국물을 먹기도 한다고 하고.

그 맛이 참 인상 깊어 종종 생각이 났는데, 몇 년 전 다시 대마도에 갈 기회가 있었다. 모임에서 단체로 간다기에 대마도로 가는 배를 나도 따라 탔다. 소박했던 이즈하라항도 그사이 좀 번잡스러워졌고, 한국 사람들의 관광차가 좁은 섬의 주차장에 가득 차 있었다.

저녁을 먹은 후 술 한잔한다고 일부러 그 집을 찾아갔더니 한국 사람이 들어오는 것을 사양한다는 팻말이 서 있다. 한국 사람들이 뭘 어찌했길래? 그런 취급을 받다니? 우리처럼 오래전 맛본 족발 맛을 잊지 못해 오는 손님도 있는데, 작고 조용한 이즈하라항에 묵은 한국 단체관광객들이 고성방가라도 하였던 걸까? 아니면 혐한 일본인이 많은가?

오랜만에 건너간 대마도는 그 팻말만으로도 실망이었다. 다시는 가지 않을 것 같은 느낌. 이제는 가고 싶어도 외국을 자유롭게 갈 수 없는 시절이 되어버렸지만.

　그래도 대마도에 갔다가 돌아오는 뱃길만은 멋졌다. 부산항으로 들어오는 그 풍광에 취하면 부산항이 참 멋지구나, 우리 땅이 정말 아름답구나, 느끼게 된다. 오래전부터 일본인들이 왜 우리나라를 탐내었는지를 이해하게 된다. 부산항을 떠날 때와는 달리 끌리는 매력이 있다. 나만의 느낌일까?

　아무튼 나는 대마도의 족발을 맛본 후로 부전시장에 가서 생족발(단족이라고 하기도 하고 미니 족발이라고 하기도 한다.)을 사다가 집에서도 종종 만들어 먹었다. 그리고 이제는 우리 식구들이 가장 즐기는 음식 중 하나가 되었다. 밖에서 파는 족발의 그 알 수 없는 간장과 소스의 맛보다 돈육 고유의 맛과 식감을 훨씬 진하게 즐길 수 있었다. 좀 성가시긴 하지만 수고가 아깝지 않은 맛이 있다.

　우선 족발을 깨끗이 씻어 애벌로 삶아내고 남아 있는 털을 벗겨내야 한다. 그리고 다시 푹 삶고 나서도 털이 있을 수 있는데 그건 불에 살짝 그을리면 타면서 깨끗해진다. 아무런 첨가물이 없어도 돼지 냄새나 누린내 같은 것은 나지 않는다. 양파를 숭덩숭덩 썰어 간장식초장에 같이 먹으면 정말 맛이 좋다. 새우젓과 같이 먹어도 물론 좋다.

얼마 전에는 동네 정육점에서 단족발을 구할 수 있냐고 물었더니 구해다 주기는 하였는데, 집에서 조리해서 먹는 걸 영 이상하게 생각하는 것 같았다. 나에게 "어떻게 해 먹으시려고요?" 하고 묻는다. 그만큼 집에서 만드는 족발이란 보편적인 것은 아닌 것이다.

가격이 저렴하면서도 특별한 음식을 해 먹을 수 있다는 것.

맛있게 먹으면서 대마도의 옛 기억을 되살려보는 것.

이제 부산의 아파트에서 대마도는 볼 수 없다. 장산에서 흘러나오는 계곡을 따라 있던 마을은 재개발이 되어 고층 아파트가 들어서 지금은 바다조차 볼 수 없는 풍경이다. 그뿐만 아니라 수영만에 들어선 맨해튼 같은 초고층 아파트 때문에 장산 꼭대기에 오르지 않으면 시야가 답답하다.

아파트 베란다에 멍하니 서 계시던 어머니의 슬픈 뒷모습조차 그리울 때면 어머니의 글을 꺼내본다. 그 기록이 아니었다면 베란다에서 바다가 보인다는 건 믿을 수 없을 것이다.

"엄마가 시방 소리개고개까지 왔으면 내 엄지손가락이 가운뎃손가락에 척척 붙어라." 이러면서 읍내 장에 가신 엄마를 기다리는 지루한 시간을 주름잡던 어린 시절부터 나는 지금 얼마나 멀리 와 있는 것일까. 삶의 노독인 양 가슴과 뼈마디가 둔하고 깊게 욱신거렸다.

도대체 이 무의미한 항해는 언제 끝날 것인가.

이 책에 인용된 박완서의 소설

1. 「그 여자네 집」, 『그 여자네 집』, 문학동네, 2013

2. 「창밖은 봄」, 『엄마의 말뚝』, 세계사, 2012

3. 『나목』, 세계사, 2012

4. 『그 남자네 집』, 세계사, 2012

5. 「여덟 개의 모자로 남은 당신」, 『나의 가장 나종 지니인 것』, 문학동네, 2013

6. 「해산바가지」, 『저녁의 해후』, 문학동네, 2013

이 책에 인용된 박완서의 산문

1. 「음식 이야기」, 『호미』, 열림원, 2007

2. 「운명적 이중성」, 『나를 닮은 목소리로』, 문학동네, 2018

3. 『한 말씀만 하소서』, 세계사, 2004

사랑하는 작가의 식탁에

정세랑

2010년 작품활동을 시작했다. 『지구에서 한아뿐』『보건교사 안은영』『피프티 피플』『시선으로부터,』 등 일곱 권의 장편소설과 소설집 『옥상에서 만나요』『목소리를 드릴게요』가 있다. 2013년 창비장편소설상, 2017년 한국일보문학상을 받았다.

2021년 1월 22일은 박완서 선생님의 10주기이다. 지난 10년 동안 독자들이 작가를 사랑하고 기리는 마음은 더 커지기만 했다. 매일 새로이 만나는 문장 속에 여전히 생생한 존재감으로 계시다는 걸 확인하며 든든했고 긍지를 느꼈다. 작품을 아껴 읽는 사람들은 알려진 문장을 재해석하기도 하고, 덜 알려진 문장을 재발견하기도 하면서 보물찾기는 즐겁게 계속되고 있다.

그리고 이 책은 보물찾기 참가자들에게 아주 멋진 선물일 것이다. 그리움으로 차려낸 한 상 차림 위에 이내 작품의 한 장면이 반투명하게 덮이고 호원숙 선생님이 간직하셨던 내밀하고 빛나는 기억이 공유된다. 사랑하는 작가의 집에 초대받아 동그란 식탁에 앉은 것만 같아, 최대한 느리게 읽는 것을 권한다.

책에 나오는 여름 만두와 비슷한 만두를 만들었던 날이 있다. 유난히 일감이 몰렸던 어느 날 오후였다. 내가 일을 완료해야 다른 사람들이 시작할 수 있어서 바삐 종종거리던 시기라 몇 주 내내 사 먹다시

피 했는데 그럴 수 있어 다행이었지만 묘하게 충족
감이 없었다. 어쩌다 이런 좋지 않은 가장자리에 스
스로를 몰았나 후회스러웠고, 그 후회의 한가운데에
서 나는 갑자기 다 던져버리고 애호박 만두를 빚기
시작했다. 이상한 충동에 휩싸여 맹렬하게 소를 만
들고 커다란 찜통을 꺼낸 것이다. 그럴 때가 아니었
지만 그러지 않으면 어떻게 될 것만 같았다. 볶은 애
호박, 불린 표고, 양파에 소금 후추밖에 들어가지 않
는데 잘 찌고 나면 더 화려한 만두들보다 질리지 않
는 맛이 된다.

　이 감미로운 책을 통해 그날의 충동을 뒤늦게
이해했다. 입에 들어갈 것을 정히 만들며 손끝에 힘
을 주면 세상의 속도에서 벗어나 자신의 속도를 찾
게 되는구나, 훈기 깃든 장마다 확인할 수 있었다.
마음속에 어떤 장면이 그려졌다. 누구도 따라할 수
없이 몰입을 이끌어내는 글을 쓰시던 박완서 선생님
은, 그런 글을 쓰기 위해 깊은 내면에 자주 잠기셨겠
지만 절대 매몰되지는 않고 제때 책상을 물린 후 삶
의 다른 풍부함도 놓치지 않으셨을 거라고 말이다.

　가본 적 없는 선생님의 서재에서 바깥으로 이어

지는 풍경들을 나도 모르게 상상했다. 꽃그림자의 움직임을, 열매가 무거워지는 소리를 놓치는 분이 아니었을 것이다. 곁에 모여 앉은 이들의 눈을 들여다볼 시간도 아끼셨을 것이다. 그리고 그 모든 게 선생님의 안쪽에 고여 다시 글이 되었으리란 걸 읽으며 헤아린다.

모녀 작가의 레시피가 교차하며 시간의 입자가 소금처럼, 설탕처럼 입안에서 타닥인다. 익숙한 음식이 나오면 마법처럼 맛이 떠올랐고 낯선 음식이 나오면 호기심에 몸이 기울었다. 부드러운 아침, 다정한 점심, 아름다운 저녁을 나눠받으니 우리를 정말로 채우는 것들이 무엇인지 되짚게 된다. 허기에 펼쳐도 그리움에 펼쳐도 이 작은 책은 찾고 있는 것을 넉넉히 줄 것이다.

엄마 박완서의 부엌

정확하고 완전한 사랑의 기억

1판 1쇄 펴냄 2021년 1월 22일   지은이 호원숙
1판 7쇄 펴냄 2024년 2월 15일

편집 김지향 황유라 정예슬
교정교열 안강휘
디자인 박연미
일러스트 서수연
미술 이미화 김낙훈 한나은 김혜수
마케팅 정대용 허진호 김채훈 홍수현 이지원 이지혜 이호정
홍보 이시윤 윤영우
저작권 남유선 김다정 송지영
제작 임지헌 김한수 임수아 권순택
관리 박경희 김지현 이지은

펴낸이 박상준
펴낸곳 세미콜론
출판등록 1997. 3. 24. (제16-1444호)
06027 서울특별시 강남구 도산대로1길 62
대표전화 515-2000
팩시밀리 515-2007   세미콜론은 민음사 출판그룹의
편집부 517-4263   만화·예술·라이프스타일 브랜드입니다.
팩시밀리 515-2329   www.semicolon.co.kr

ISBN   트위터 semicolon_books
979-11-91187-56-4 03810   인스타그램 semicolon.books
                          페이스북 SemicolonBooks
                          유튜브 세미콜론TV

(근간)   서효인   직장인의 점심시간

        안서영   돈가스
        이영하

        쩡찌   과일

        김연덕   생강

        곽아람   구내식당

        봉태규   콩